Günter Huth

Der Todeswind der blauen Zipfel

W0226642

Der Todeswind der blauen Zipfel

oder

Die missliche Wahl der Miss Grafeneckart

Eine kriminelle Würzburger Rathaussatire von Günter Huth

Mit Illustrationen von Monika Thaller

echter

Liebe Leserinnen, liebe Leser!

Das vorliegende Buch ist irgendwie ein Krimi.
Das vorliegende Buch ist aber sicher eine Satire.
Das vorliegende Buch gibt Ihnen bestimmt einige Rätsel auf.

Es spielt in der Mainmetropole Würzburg, einer bedauernswerten Stadt, da sie schon häufiger zum Spielball meiner schriftstellerischen Fantasien wurde.

Es erwähnt Ereignisse in der Stadt, die es nie gegeben hat und die es hoffentlich auch nie geben wird.

Es befasst sich mit einer Stadtregierung, die fern jeglicher Realität beschrieben wird und hoffentlich auch in Zukunft niemals Wirklichkeit werden wird.

Es fantasiert über Menschen mit kriminellen Energien, wie man sie hier wohl nicht antreffen kann.

Es beschreibt Personen, die in dieser Stadt so weder leben noch gelebt haben noch verstorben sind. Und sollte sich zufälligerweise doch jemand angesprochen fühlen, wäre ihm zu empfehlen, seine möglicherweise narzisstischen Neigungen auf einen ärztlichen Prüfstand zu stellen.

Realität sind die verschiedenen Örtlichkeiten, die sich nicht wehren konnten, als ich sie ins Zentrum meiner skurrilen Gedankengänge rückte.

Heimtückischerweise habe ich in die Story fünf markante sachliche Fehler eingebaut, die, wie ich es erwartet hatte, dem Verlag erst nach dem Druck aufgefallen sind, da der Verleger bedauerlicherweise eine ziemliche Schlafmütze ist, was ich damit beweisen konnte. Teilen Sie uns mittels der beigefügten Karte diese sachlichen Fehler mit. Kursiver Text sollte Ihnen ein Hinweis sein. Solange dieses Werk im Buchhandel erhältlich ist, wird der Verlag einmal im Jahr, spätestens am 31. Januar, eine Verlosung Ihrer Einsendungen vornehmen. Als kleine Wiedergutmachung für seine redaktionelle Nachlässigkeit wird der Verlag den dann ausgelosten Sieger (mit Begleitung) zu einem Essen mit dem Autor im Gasthaus Stachel in Würzburg einladen.

Ich freue mich auf Ihre Reaktionen.

Herzliche Grüße!
Ihr *Günter Huth*

1

Es begab sich in jenen Tagen, als die Menschen in der Stadt wie blind durch die Straßen taumelten und in völliger Verzückung gesenkten Hauptes auf kleine Bildschirme starrten, um mit wischenden Fingerbewegungen sinnlose Botschaften in die Welt zu schicken. Laut Statistik waren noch niemals so viele Menschen in Kollisionen mit Verkehrszeichen verwickelt.

Es geschah in jener Zeit, da die Menschen in aller Öffentlichkeit und wie in Trance lautstarke Telefonate führten, deren Inhalte ebenso geistlos wie sinnlos waren. Erotische Erlebnisse und Liebestragödien wurden hemmungslos in die Welt hinausposaunt und sorgten für einen massiven Umsatzeinbruch bei allen erotischen Telefonanbietern, denn die Realität war wesentlich schärfer!

Es ereignete sich in einer Epoche, in der einerseits vegane Kleidung die Umwelt vor Ausbeutung schützen sollte, aber andererseits Menschen viel Geld für exklusive Klamotten ausgaben, in die zarte Kinderhände feine, ausgefranste Schlitze eingearbeitet hatten, um eine En-vogue-Optik von Verlotterung und Verschlissenheit zu erzeugen.

In diesen ereignisreichen Tagen warf ein nachgeordneter, aber strebsamer junger Mitarbeiter der Verwaltungsabteilung der Stadt Würzburg, der für den Abriss der Kalenderblätter in der gesamten Abteilung zuständig war, wieder einmal einen Blick auf den Ereigniskalender der Stadt und stieß vor Schreck einen weit hörbaren Weckruf aus. Fast hätte er einen kaum leserlichen, mit dünnem Bleistift eingetragenen Vermerk übersehen, der sein phlegmatisches Temperament in Wallung brachte. Kaum entzifferbar war hier festgehalten, dass der älteste Bauteil des Rathauses, der Grafeneckart, unaufhaltsam seiner 700-Jahr-Feier entgegendämmerte!

Der Mitarbeiter schrieb sofort eine alarmierende Aktennotiz auf einen roten Haftzettel in DIN A6 – rote Nachricht bedeutete im innerrathäuslichen Verkehr höchste Alarmstufe und klebte diesen seinem direkten Vorgesetzten mitten auf den Bildschirm seines Computers, damit er die Nachricht auch nicht übersah. Als der Beamte frisch gestärkt und hoch motiviert aus der zweiten Frühstückspause in sein Büro zurückkam, traf ihn ein belebender Schreck und er alarmierte umgehend seinen direkten Vorgesetzten mittels eines weiteren roten Haftmerkzettels, jetzt in dem seinem Rang vorbehaltenen Format DIN A5. Als dieser um kurz vor zwölf zum Dienst am Bürger im Rathaus erschien, erfasste er sofort die Brisanz der Botschaft und füllte einen roten Haftmerkzettel in DIN A4 aus, der nur der Leitungsebene vorbehalten war, und drückte ihn der Sekretärin seines direkten Vorgesetzten mit der Bitte um beschleunigte Sachbearbeitung in die Hand. Im Rahmen dieses Stafettenlaufs erreichte die Eilmeldung am nächsten Tag den Schreibtisch des Oberbürgermeisters. Der erkannte sofort die Wichtigkeit der Meldung und berief für den nächsten Tag eine Sitzung mit den Fraktionsvorsitzenden ein.

„Aber Liebe Kolleginnen und Kollegen, ich muss doch wirklich sehr bitten!“ Oberbürgermeister Merlin Schlucktkhardt schlug mit einem für ihn ungewöhnlich emotionalen Ausbruch mit dem Rücken eines Kantinenmessers so heftig gegen sein Bierglas, dass man den Eindruck bekommen konnte, er würde es gerne in tausend Scherben zerschlagen. Trotzdem bereitete es ihm große Mühe, sich in dem ausgebrochenen Tumult durchzusetzen. Jeder am Tisch diskutierte mit jedem, kreuz und quer, ohne Rücksicht darauf, ob ihn der andere auch verstand. Die Bühne für diese nicht gerade ungewöhnliche Szene bildete das Casino des Rathauses der Stadtverwaltung Würzburg. Es war später Nachmittag. Der Oberbürgermeister der Stadt hatte die Fraktionsvorsitzenden der im Stadtrat vertretenen Parteien zu dieser Besprechung in die Cafeteria der Kantine eingeladen. Zu dieser Stunde gehörte ihnen das Casino ganz alleine. Sicherheitshalber war draußen ein Hinweisschild angebracht worden, das auf eine nichtöffentliche Sitzung der Rathausspitze hinwies.

„Hallo, Herrschaften, können wir uns bitte wieder konzentrieren, dieses Durcheinander bringt doch nichts!“ Erneut klirrte das Bierglas.

Einziger Punkt der Tagesordnung war die Gemüter erhitzende Planung der in wenigen Monaten anstehenden 700-Jahr-Feier des Grafeneckarts.

Nur ganz langsam entflocht sich der Stimmenwirrwarr und der Geräuschpegel sank auf ein Maß, das eine physische Verständigung möglich machte. Politisch war man davon noch meilenweit entfernt.

„Ich habe doch ausdrücklich darum gebeten und Ihnen dieses auch schriftlich zukommen lassen: Jede Fraktion sollte einen Vorschlag zur Gestaltung dieser Feierlichkeiten einbringen. Und das schon vor vierzehn Tagen. Bis jetzt hat nur die Fraktion der Freudigen Wähler etwas Konstruktives vorgelegt. Dieser Entwurf liegt Ihnen allen vor. Vielleicht möchten Sie sich mal sachlich dazu äußern, statt hier nur wild durcheinanderzuschreien.“ Man konnte dem Stadtoberhaupt deutlich anmerken, dass er, entgegen seiner sonstigen ruhigen Art, im Augenblick ziemlich angefressen war. Dies war auch der Tatsache zu entnehmen, dass seine ansonsten immer sehr korrekt gebundene Krawatte auf halbmast hing.

Der Vorsitzende der Links-Rechts Liberalen (LiReLi), Rochus Hirschruf, entgegen seiner stets und überall betonten liberalen Haltung mit einem traditionellen Trachtenanzug gekleidet, schob sein halbgefülltes Weizenbierglas ein Stück zur Tischmitte, dann erklärte er: „Hoch geschätzter Herr Oberbürgermeister, wenn ich das sagen darf, der Vorschlag, eine Miss Grafeneckart wählen zu lassen, erscheint uns, wenn ich das sagen darf, ebenso unsinnig wie sinnlos. Die Reduzierung einer jungen Frau auf ihr Äußeres ist, wenn ich das sagen darf, ebenso femininophob wie frauenfeindlich, um nicht zu sagen diskriminierend. Wir als geschichtsbewusste Liberale schlagen daher, wenn ich das sagen darf, eine Aktion vor, die der geschichtlichen Bedeutung des Grafeneckarts gerecht wird. Uns schwebt, wenn ich das sagen darf, ein Historienspiel vor, das den Sturm der Bauern aus dem Jahre 1525 auf die Festung Marienberg zum Inhalt hat. Die damaligen Ratskollegen haben seinerzeit einen heldenhaften Mut zur Liberalität gezeigt, der beispiellos war, wenn ich das so sagen darf. Eine Zivilcourage und Entscheidungsfreude, die wir heute bei vielen Stadtratskollegen schmerzlich vermissen. Wir haben daher bereits Kontakt zum Bayerischen Bauernverband aufgenommen, der, wenn ich das sagen darf, bereits Interesse signalisiert hat." Zufrieden mit sich und seiner Rede legte er seine Handflächen auf seinen markanten Bauch, der von einer Weste mit silbernen Knöpfen in Form gehalten wurde.

„Also, das ist doch völliger Blödsinn! Wer soll denn so ein Theater finanzieren? Im Übrigen geht es doch nicht um den Bauernaufstand, sondern um den Grafeneckart selbst. Für die Fraktion der Klerikal Sozialistischen Partei erkläre ich, dass wir uns die Durchführung eines Mittelaltermarktes rund um das Rathaus vorstellen." Xaver Beutelschneider, Fraktionsvorsitzender der Partei und Kämmerer der Stadt, blickte Beifall heischend in die Runde. Jetzt, am späten Nachmittag, zeigte sich auf seinem rundlichen Gesicht bereits deutlich ein dunkler Bartschatten. Er kontrastierte mit seinem ansonsten kahl rasierten Kopf und verhinderte nur unvollkommen, dass sich dem Betrachter unwillkürlich Vergleiche mit einer Bowlingkugel aufdrängten. Als er in den Gesichtern seiner Kolleginnen und Kollegen nur mäßige Begeisterung erkennen konnte, ergänzte er: „Man könnte in diesem Zusammenhang auch etwas für den Gemeindesäckel tun, indem man beispielsweise gebührenpflichtiges Bungeejumping vom Turm des Grafeneckarts anbietet."

„Gute Idee! Und wer kratzt die Spinner dann unten vom Asphalt?" Steinklopfer, Fraktionsvorsitzender der Freudigen Wähler, die den Vorschlag der Misswahl eingebracht hatten, pflegte gerne eine kernige Sprache, die insbesondere bei den anwesenden Damen nicht nur heute konsterniertes Kopfschütteln auslöste. Steinklopfer gab sich gerne männlich rustikal und bevorzugte Jeans, Shirts mit Aufdruck und Lederjacken in jedem Stadium der körperlichen Assimilation.

„Mein lieber Sepp, man müsste natürlich unten ein Wasserbassin aufstellen. Das ist doch klar!" Rainer Maria Bedenken-Träger von der Ökologisch Veganen Partei schüttelte über so viel Ignoranz deprimiert den Kopf. Er war froh, dass er vor der Sitzung einige Suppenlöffel Propolistinktur eingenommen hatte, die nicht zuletzt wegen ihrer hohen Alkoholkonzentration trotz der kontroversen Diskussion zu seinem ausgeglichenen Gemüt beitrug. Sein veganer Anzug aus einem japanischen Fairtradeunternehmen zeigte erste Sitzbeulen im Kniebereich. Was ihn aber in keiner Weise störte.

Melinda Burgfried, die Chefin der mit einem Sitz im Stadtrat vertretenen Bürgerlichen Initiative Würzburg (BIWürg), nutzte eine Denkpause, um sich zu Wort zu melden: „Wir von der Bürgerlichen Initiative" – wenn sie offiziell etwas äußerte, sprach sie grundsätzlich im Pluralis Majestatis – „sind der Auffassung, dass Wir keine Experimente eingehen sollten. Der Grafeneckart ist ein altehrwürdiges Gebäude, dem wir nicht mit derart modernem Firlefanz seine Würde nehmen dürfen. Wir schlagen daher vor, für eine gewisse Zeit den Vierröhrenbrunnen zu einem Weinbrunnen umzufunktionieren. Jeder Bürger kann sich dann mit seinem mitgebrachten Schoppenglas kostenlos bedienen!"

Sie ließ die Lesebrille, die sie an einer Kette um den Hals trug, auf ihre matronenhafte Oberweite fallen und fixierte mit einer gewissen Strenge im Blick die Gesichter in der Runde in der Hoffnung auf positive Reaktionen. Ihr graues Tweedkostüm und die unverrückbar sitzende Hochfrisur vermittelten den Eindruck einer strengen Lehrerin, die ihrer Klasse das Leben erklären musste. Das Ergebnis ihrer Ausführungen war schlagartige Ruhe am Tisch. Sie war es gewohnt, dass man ihr Respekt entgegenbrachte.

„Was ist denn das für eine blödsinnige Schnapsidee“, brummelte Steinklopfer halblaut in seinen nicht vorhandenen Bart, so dass es nur sein Nachbar Beutelschneider verstehen konnte. Laut erklärte er: „Liebe Frau Kollegin, erstens kann das keiner bezahlen und zweitens können wir dann im Rathaushof die Weinleichen stapeln. Ich kann mir nicht vorstellen, dass sich ein Winzer findet, der sich an einer derartigen Aktion beteiligen würde. Eine Misswahl ist der einzig sinnvolle Event, der sowohl von der Kostendeckung als auch vom Aufmerksamkeitsfaktor her alle gewünschten Parameter erfüllt.“

Melinda Burgfried nötigte der Widerspruch ein heftiges Stirnrunzeln ab. „Lieber Kollege Steinklopfer, da müssten Wir aber sehr tief in uns gehen, um diesen chauvinistischen Vorschlag zu unterstützen.“

„Platz genug wäre ja da“, nuschelte Steinklopfer erneut. Zum Glück ging seine Bemerkung in der heftigen Diskussion unter, die erneut unter den Volksvertretern ausbrach. Als die Stadträte kurz davor waren, sich, wie in südländischen Parlamenten nicht unüblich, körperlich in die Wolle zu kriegen, ertönte aus dem Hintergrund der Cafeteria die laute Stimme von Dieter Küchler, dem Wirt des Casinos. „So, meine Damen und Herren, wenn ich zu Tisch bitten dürfte, die Blauen Zipfel sind fertig!“

Als hätte man einen Stecker aus der Stromdose gezogen, verstummten schlagartig alle Streitgespräche. Stühle wurden gerückt und die Räte wandelten flotten Schrittes in den Hauptraum des Casinos. An einer längeren Tafel war eingedeckt und die Herrschaften ließen sich nieder. Erwartungsvoll drehten sich die Gesichter der versammelten Räte in Richtung Küche. Da kam der Wirt auch schon mit einem stabilen Servierwagen angerollt. Auf dessen oberster Etage standen drei große Terrinen, aus denen es verheißungsvoll dampfte. Innerhalb weniger Augenblicke erfüllte eine Geruchsexplosion bestehend aus Wein, Lauch, Sellerie und Karotten den Raum und kitzelte die Nasen der Stadtparlamentarier. Der Wirt verteilte die Terrinen gleichmäßig auf der Tafel, so dass jeder gleichberechtigt zugreifen konnte. Sofort beugten sich sternförmig neugierige Gesichter über die Schüsseln.

„Blaue Zipfel spezial, mit einem Sud aus Silvaner Spätlese, weißem Balsamicoessig, geschnittenem Lauch, Selleriestiften und Scheibchen feiner Karotten. Dazu noch ein paar Spezialzutaten, die für immer und ewig mein Geheimnis bleiben werden. Für jeden von Ihnen sind drei Paar Bratwürste vorgesehen, teilen Sie es sich also bitte ein. Brot ist reichlich vorhanden."

Die auf dem Servierwagen aufgestapelten großen Suppenteller wurden im Rahmen von fraktionsübergreifender Hilfeleistung verteilt, ebenso das Besteck.

Rochus Hirschruf hob die Hand und forderte die Auf-

merksamkeit des Wirtes. „Sie haben daran gedacht, dass ich gegen Essig im höchsten Maße allergisch bin?“

„Aber selbstverständlich, Herr Stadtrat.“ Er nahm eine kleine Terrine vom Wagen und stellte sie vor Hirschruf ab. „In Ihrem Sud befindet sich ausschließlich ein sehr trockener Silvaner.“

Hirschruf bedankte sich mit einem Nicken und angelte das erste Paar Würste aus der Terrine.

„Haben Sie wieder die groben Bratwürste vom Lotterbach bezogen? Und hoffentlich mit dem üblichen Preisnachlass?“, wollte der Kämmerer wissen, während er sich ebenfalls ein großes Paar Bratwürste aus dem Sud fischte und mit einem Schöpfer reichlich Gemüse und Sud auf seinen Teller schaufelte.

„Der Lotterbach hält für mich immer ein ausreichend großes Kontingent an Bratwürsten bereit, sodass für die Sitzungen des Rats immer bestens vorgesorgt ist.“

„Und was ist mit mir?“ Rainer Maria Bedenken-Träger war natürlich militanter Veganer und musste sich schwer zusammenreißen, dass er bei der massenhaften Anhäufung von Fleischprodukten seinen Würgereflex unter Kontrolle hielt und keinen Hautausschlag bekam.

„Herr Stadtrat, bleiben Sie ganz gelassen, für Sie habe ich selbstverständlich drei Paar vegane Würstchen zubereitet. Meine Spezialmischung aus Kidney-Bohnen, Räuchertofu, Austernpilzen, Scitan, Tempeh, texturiertem Soja, Yuba und Lupineneiweiß. Fein abgeschmeckt mit Steinsalz, Thymian, Majoran und einigen anderen ökologisch angebauten Gewürzen, die alle unter Beachtung der Nachhaltigkeit von zarten indischen Kinderhänden geerntet wurden.“ Er griff sich eine zweite separate Terrine und stellte sie vor Bedenken-Träger ab. „Selbstverständlich wurden sie in einem separaten veganen Gefäß zubereitet.“

Bedenken-Träger entspannte sich und bemühte sich dabei, die genussvollen Kaugeräusche seiner Kollegen zu ignorieren.

„Das klingt ja so, als hätte man für die Herstellung dieser Würstchen, die ja eigentlich den Namen nicht verdienen, eine ganze Chemiefabrik geplündert." Melinda Burgfried schüttelte den Kopf. Für diese Art von ökologischen Strömungen hatte sie kein Verständnis.

„Wo bleibt denn der Wein?", wollte Steinklopfer lauthals wissen. „Blaue Zipfel ohne einen trockenen Silvaner sind nur der halbe Genuss."

„Geduld, Geduld!" Der Wirt griff nach unten und holte aus der zweiten Etage des Servierwagens die benötigten Weingläser.

„Also, an mir kann es nicht liegen. Ich habe mit einer ausreichenden Beschaffungsmaßnahme vorgesorgt", beeilte sich Xaver Beutelschneider zu versichern, wobei die Verständlichkeit seiner Aussprache etwas unter dem voluminösen Inhalt seines Mundes litt. „Erst vorletzte Woche habe ich beim Bürgerspital eine umfangreiche Bestellung für den Stadtrat aufgegeben. Die einhundertfünfzig Bocksbeutel wurden drei Tage später ordnungsgemäß geliefert und, von mir überwacht, in der Turmkammer des Grafeneckarts eingelagert. Wir hatten zwar in der Zwischenzeit schon etwas Schwund durch mehrere Stadtratssitzungen, aber ich denke, es müssten da noch einige Fläschchen vorhanden sein."

Der Wirt schob seinen Servierwagen hinter den Tresen und befüllte die oberste Etage mit einer Anzahl Bocksbeutel. Wenig später bewies der Frankenwein wieder einmal seine verbindende Wirkung. Nachdem alle Gläser eingeschenkt waren, hoben die anwesenden Stadträte über die trennenden Fraktionsschranken hinweg die Gläser und prosteten sich zu.

Nachdem auch die letzte Bratwurst sowie das gesamte Gemüse den bestimmungsgemäßen Weg gefunden hatte, blieben die Stadträte noch sitzen und besprachen dank des geistförderlichen Schoppens nun wieder einsatzfreudig den einzigen Punkt der Tagesordnung.

Es war kurz nach dreiundzwanzig Uhr dreiundzwanzig, als auch die letzten beiden Räte, eingehenkelt beim Oberbürgermeister, leicht schwankend das Casino verließen. Da man der Einigung hinsichtlich des strittigen Punktes der Tagesordnung trotz der aufopfernden Nachtsitzung keinen Schritt nähergekommen war, hatte man zu guter Letzt wieder einmal eine Vertagung beschlossen.

Nachdenklich schloss der Wirt das Casino hinter ihnen ab. Wenn er ehrlich zu sich selbst war, hätte er mit den Damen und Herren keine Sekunde tauschen mögen. Er empfand großen Respekt vor diesen großartigen Persönlichkeiten, die teilweise schon seit Jahrzehnten in bewundernswerter Selbstlosigkeit ihre Körper jede Legislaturperiode zur Wahl trugen, bereit, ihre Gesundheit der Stadt und ihren Bürgern zu opfern. Als er die Terrinen vom Tisch abräumte, stellte er befriedigt fest, dass die Blauen Zipfel restlos verzehrt waren. Lediglich ein paar einzelne Karottenstückchen schwammen noch vereinsamt im erkalteten Sud. Es freute ihn sehr, immer wieder mit seiner Kochkunst dazu beitragen zu können, die Stadträtinnen und Stadträte so zu stärken, dass sie die Bürde ihres schweren, verantwortungsvollen Amtes leichter tragen und ertragen konnten.

2

SECHS WOCHEN SPÄTER
IM LÄNDLICHEN EINZUGSGEBIET
VON WÜRZBURG

Die Fassade der doppelstöckigen, im neoklassizistischen Landhausstil erbauten Villa war dank des dichten Baumbestandes und der das große Grundstück umgebenden Mauer von der Straße aus kaum zu erkennen. Ein Stück vom Hauptgebäude entfernt stand die einstige Remise, die früher als Unterstand für die Pferdekutschen diente. Heute befanden sich in dem Gebäude die Garagen für drei PKWs und zwei Wohnungen für das Personal. In beiden Wohnungen brannte Licht, denn der Butler und der Chauffeur hatten für heute Abend von ihrem Arbeitgeber frei bekommen.

Aus einigen Fenstern des oberen Stockwerks der Villa drang gedämpftes Licht.

Die bequeme dunkelrote Lederottomane befand sich in der Ecke des geräumigen Herrenzimmers, vor ihm ein niedriger Glastisch, auf dem zwei halbgefüllte Champagnergläser zu erkennen waren. Auf der anderen Seite des Tisches standen zwei gleichfarbige schwere Ledersessel, auf deren matt glänzendem Bezug das Licht der gedimmten Deckenleuchte einen edlen Schimmer erzeugte. Fast alle Wände des Raumes waren mit Bücherregalen vollgestellt, auf denen sich zeitgenössische Literatur, Sachbücher und eine ganze Reihe wertvoller antiquarischer Folianten dicht aneinanderdrängten. In der Luft lag der dezente Geruch eines würzigen Pfeifentabaks. Aus den in den Bücherregalen eingebauten vier Lautsprechern erklangen im dezenten, trotzdem raumfüllenden Quadrosound die einschmeichelnden Klänge des Violinkonzerts in G-Dur von Wolfgang Amadeus Mozart.

Das eilige Trippeln näherkommender nackter Füße erzeugten auf dem gepflegten Parkett tapsige Geräusche, die aber auf den letzten Metern vor der Ottomane von dem dichten Flor des wertvollen orientalischen Teppichs vollständig geschluckt wurden. Die junge, in einen japanischen Seidenkimono gekleidete Frau sprang mit einem lockeren Satz auf die Liegestatt und landete mit einem freudigen Quieken sehr weich auf dem rundlichen Bauch eines dort in römischer Manier halb liegenden, halb sitzenden älteren Herrn, dessen Kopf vollständig unter einer Latexmaske verborgen blieb. Der Mann stieß mit einem vernehmlichen Ächzen übertrieben heftig die Luft aus und nahm die Frau in die Arme.

„Jasmin Cheyenne, bitte, du solltest mit mir wirklich etwas sanfter umgehen. Ich bin doch keine Luftmatratze!“

„... aber mindestens genauso gemütlich und bequem,

Papilein", ergänzte Jasmin Cheyenne augenzwinkernd und pikste mit dem Zeigefinger spielerisch in seinen barocken Bauch.

„Außerdem sollst du mich nicht immer Papilein nennen!"

„Aber so haben wir uns doch im Netz kennengelernt und ich finde diese Anrede wirklich treffend. So lieb, wie du zu mir bist."

Die Empörung des Herrn war natürlich gespielt, enthielt aber durchaus einen ernsten Kern. Es war nicht immer ganz einfach, eine Freundin zu haben, die achtunddreißig Jahre jünger war als man selbst. Wobei er sich nicht der Illusion hingab, dass sie beide sich in einer Liebesbeziehung befanden. Jasmin Cheyenne wusste sehr wohl seinen Reichtum und seinen Einfluss zu schätzen und auch zu nutzen. Was er ihr gerne zugestand, solange aus seiner Sicht das Preis-Leistungs-Verhältnis stimmte. Die junge Frau stammte, wie er ermittelt hatte, aus dem verarmten Zweig der sächsischen Adelsfamilie von und zu Köddel und genoss gerne ein ausgeprägtes Maß an Wohlstand. Womit man ihrer beider Beziehung durchaus unter dem Begriff Win-win einordnen konnte. Kennengelernt hatte er sie, wie fast alle seine Freundinnen davor, über die in seinen Kreisen als Geheimtipp gehandelte Internetplattform „Girls to go". Schon seit gut zehn Jahren jagte er in einem Account unter dem bezeichnenden Nickname „Papilein" nach weiblicher Beute. Jasmin war ein ausgesprochener Glückstreffer gewesen. Sie fuhr auf gut situierte ältere Herren voll ab und vermittelte ihnen das Gefühl, der Einzige zu sein.

„Aber du weißt doch, Schatzi, du bist für mich ein Freund, aber auch so etwas wie ein Papilein. Das ändert doch nichts daran, dass ich sehr gerne mit dir kuschle." Sich an ihn schmiegend drückte sie ihm einen dicken Kuss auf den Mund, dann richtete sie sich etwas auf und griff nach den beiden Champagnergläsern. Dabei klaffte ihr Kimono leicht auseinander und gewährte ihm einen freizügigen Einblick auf ihr beeindruckendes Angebot. Sie reichte ihm eines der Gläser, dabei griff sie gleichzeitig in die Tasche ihres Kimonos und holte einen kleinen Gegenstand heraus. Während beide einen kräftigen Schluck nahmen, hielt sie mit einem verschmitzten Lächeln zwischen Daumen und Zeigefinger eine blaue Tablette in die Höhe und fragte mit einem harmlosen Augenaufschlag: „Meinst du nicht, dass es wieder einmal an der Zeit für deine Vitamintablette ist?" Sie führte die Tablette an seinen Mund und schob sie ihm sanft zwischen die Lippen. Lächelnd schluckte er sie mit dem Rest des Champagners hinunter.

„Du bist mir heute aber wieder eine ganz Wilde!"

„Ach, Papilein, mein Bärchen, du machst mich ganz einfach tierisch an." Mit einem gekonnten Augenaufschlag fuhr sie fort: „Was ich dich noch fragen wollte: Wie steht es eigentlich um meine Bewerbung für die Wahl zur Miss

Grafeneckart? Du hast mir doch versprochen, dass ich die Wahl mit Sicherheit gewinnen werde.“ Dabei kraulten ihre langen roten Fingernägel die grauen Haarbüschel auf seiner Brust. „Du weißt, dass mich das enorm motivieren würde ...“ Sie zwickte ihn spielerisch in die linke Brustwarze. Er grunzte angeregt, dann erklärte er: „Jasmin Cheyenne, mein Schatz, da mach dir mal keine Gedanken, wenn ich etwas in die Hand nehme, dann gelingt das auch.“ Wie um seine Aussage zu unterstreichen, glitt seine fleischige Hand tapsig über ihren Rücken nach unten und fand ihren knackigen Po, den er kernig zusammenkniff. Die junge Frau quiekte leise, sprang dann elastisch von der Liege auf den Teppich und bemühte sich dabei angestrengt, ihren gewichtigen Liebhaber mit sich auf die Beine zu ziehen.

„Langsam, langsam, ein alter Mann ist doch kein D-Zug!“, stellte er mit sattem Lachen fest und ließ sich von ihr quer durch den Raum in Richtung Schlafzimmer ziehen. Dass er dabei etwas kurzatmig wurde, ignorierte er, schließlich wollte er keine Minute der Wirkung des blauen Glücksbringers versäumen. Sein Teil von Win-win begann jetzt.

3

Am nächsten Tag, kurz nach zehn Uhr, trafen sich im Café Michel am Oberen Markt zwei Herren. Der Erstankömmling hatte sich einen Platz im hinteren Bereich des Cafés in einer Nische ausgesucht, wodurch er den gesamten Raum im Auge behalten konnte. Er trug einen dunklen Nadelstreifenanzug, sein schwarzes Haar war eng an den Kopf gegelt. Neben ihm auf der Sitzbank lag ein silberfarbener Aktenkoffer.

Kurz nachdem er sich niedergelassen hatte, betrat ein älterer grauhaariger Mann in grauem Anzug das Café. Kurz hinter dem Eingang blieb er stehen und ließ seinen Blick suchend durch den Raum schweifen. Er wirkte etwas nervös. Als er den Grund seines Besuches entdeckte, schlängelte er sich zielstrebig durch die besetzten Tische. Dabei musste er verschiedentlich nach beiden Seiten die Grüße mehrerer Gäste erwidern. Er war offensichtlich eine in der Stadt bekannte Persönlichkeit. Sein dabei wie ins Gesicht getackertes Lächeln verschwand in dem Maße, in dem er sich dem Mann in der Nische näherte. Ohne Begrüßung ließ er sich am Tisch nieder. Kaum saß er, zischte er seinem Gegenüber zu: „Verdammt, Sanson, wie kommen Sie dazu, sich mit mir an einem derart öffentlichen Ort zu verabreden, wo mich jeder kennt?“

„Aber lieber Herr Stadtrat, bleiben Sie doch gelassen. Im Auge des Orkans ist man immer noch am sichersten. Eine alte Binsenweisheit, das muss ich Ihnen doch nicht erzählen.“

Die Bedienung trat an den Tisch, zückte ihren Bestellcomputer und sah die beiden Herren fragend an.

„Bringen Sie mir bitte einen Latte macchiato ... und dem Herrn Stadtrat ...“ Er sah sein Gegenüber fragend an. Da keine Reaktion kam, fuhr er fort: „... einen großen Cappuccino.“

Die Bedienung gab die Bestellung ein, bedankte sich und ging. Das Gegenüber des Stadtrats beugte sich leicht nach vorne und kam mit gesenkter Stimme gleich zur Sache. „Mein Lieber, ich kann Ihre ungehaltene Reaktion nicht ganz nachvollziehen und schon gar nicht akzeptieren. Die Person, in deren Auftrag ich hier handele, hat Ihnen meines Wissens vor einiger Zeit einen erheblichen Gefallen getan, der die Ursache dafür ist, dass Sie sich heute in einer recht komfortablen beruflichen Lage befinden. Er hat Ihnen auch gesagt, dass irgendwann der Tag kommen würde, an dem auch von Ihnen ein kleiner Gefallen einzufordern sei. Dieser Tag ist heute. Ich kann mir beim besten Willen nicht vorstellen, dass Sie sich weigern werden, ihm diese Bitte zu erfüllen.“ Der Mann sah den Stadtrat mit durchdringendem Blick an.

Ehe der Angesprochene antworten konnte, trat die Bedienung mit den bestellten Heißgetränken an den Tisch. Sie stellte sie ab und entfernte sich wieder. Während dieser Unterbrechung hatte der Stadtrat Gelegenheit, sich seine Reaktion zu überlegen. Ihm war völlig klar, dass trotz des relativ verbindlichen Tonfalls, hinter den Worten seines Gegenübers eine Mahnung, um nicht zu sagen eine latente Drohung steckte. Er wusste, weigern konnte er sich nicht. Dazu stand zu viel auf dem Spiel.

„Was kann ich tun?“, fragte er daher mit leiser Stimme.

Der Mann, den der Stadtrat mit Sanson angesprochen hatte, nahm einen kleinen Schluck von seinem Latte macchiato, dann erklärte er seinem Gegenüber ausführlich seinen Auftrag. Als er nach einigen Minuten endete, sah er sein Gegenüber prüfend an.

„Ich hoffe, es ist Ihnen klar, dass mein Auftraggeber auf einer absolut zuverlässigen Ausführung besteht. Wenn alles erledigt ist, dann rufen Sie mich bitte an.“ Er griff nach einer Zeitung, die neben ihm auf der Sitzbank lag. Langsam legte er sie auf die Tischplatte und schob sie dem Stadtrat hinüber. „Für den Fall, dass Sie Auslagen haben.“ Er ergriff seinen Aktenkoffer und erhob sich. „Ich gehe davon aus, dass Sie diese Kleinigkeit übernehmen.“ Dabei wies er mit dem Finger auf die Getränke, dann nickte er knapp und eilte zum Ausgang. Die Hose seines Achthundert-Euro-Anzugs zeigte dabei eine extrem scharfe Bügelfalte, die dem Stadtrat den abstrusen Gedanken durch den

Kopf fahren ließ, dass man damit Tomaten schneiden könne.

Der Stadtrat wartete einen Augenblick, bis er sicher sein konnte, nicht beobachtet zu werden, dann holte er mit einer unauffälligen Handbewegung einen Umschlag aus der zusammengefalteten Zeitung und ließ ihn diskret in der Brusttasche seines Jacketts verschwinden. Nachdem er gezahlt hatte, verließ er ebenfalls das Café. Er befand sich in einer höchst angespannten Stimmung. Der Gefallen, den der Mann erwähnte, ging ihm nicht aus dem Kopf. Mit großer Beklommenheit marschierte er Richtung Rathaus.

Kopfschüttelnd räumte die Bedienung die beiden fast noch vollen Getränke vom Tisch. Es gab schon schlimme Verschwender unter den Menschen. Aber beim Trinkgeld wurde natürlich geknausert!

Eine Viertelstunde später traf sich der Mann mit dem Aktenkoffer mit einer weiteren Persönlichkeit der Stadtregierung in der Mainmühle an der Alten Mainbrücke, eine Zeitspanne danach mit einem Bürgervertreter im Café der Buchhandlung Hugendubel. Auch in diesen Fällen erteilte der Mann mit dem Aktenkoffer klare Anweisungen und gab jeweils einen Briefumschlag identischen Inhalts weiter.

Etwas später saß er wieder an seinem Schreibtisch in einem kleinen Büro in der Zellerau. Sofort griff er zum Telefon und meldete seinem Mandanten die erfolgreiche Erledigung seines Auftrags.

Oberbürgermeister Merlin Schluckthardt raufte sich erneut sein üppiges Haupthaar, wodurch er seinen exakt gezogenen Seitenscheitel zerstörte, was ihm aber in der augenblicklichen Situation völlig gleichgültig war. Dabei drehte er bestimmt zum fünften Mal eine Runde um den großen Besprechungstisch in der Ecke seines Dienstzimmers. Sein Blick glitt dabei über genau einhundertfünf Farbfotografien in der Größe neun mal dreizehn, die, ordentlich nummeriert nach dem Eingangsdatum, in Reih und Glied auf der polierten Edelholzplatte aufgelegt waren. Präzise, wie der Chef der Würzburger Stadtregierung war, korrigierte er seinen Gedanken sofort: Reih war sicher richtig, von Glied konnte man aber nicht sprechen, da auf den Fotos ausnahmslos ein repräsentativer Querschnitt Würzburger Stadtschönheiten abgelichtet war. Alle in mehr oder weniger ansprechenden Posen, fast ausnahmslos alle in mehr enthüllender als verhüllender Badebekleidung, jede mit einem schmelzenden Lächeln auf den Lippen. Niemals hätte sich das Stadtoberhaupt träumen lassen, dass der vor einigen Wochen an die volljährige weibliche Bevölkerung gerichtete Aufruf des Würzburger Stadtrats, sich für die erstmals seit der Existenz der Stadt erfolgende Wahl einer Miss Grafeneckart zu bewerben, eine derartige Resonanz auslösen würde. Die Misswahl war die Idee der dreiköpfigen Fraktion der „Freudigen Wähler“

gewesen, die sich am Ende dank seiner Intervention im Rat durchgesetzt hatte. Selbstverständlich hatten auch alle anderen Fraktionen weitere Vorschläge unterbreitet, die von einer Weinolympiade über einen Bratwursttriathlon bis hin zu einer Schnitzeljagd durch alle Bauruinen der Stadt reichten. Reflexartig, wie es die Damen und Herren Stadträte gewohnt waren, hatten sie natürlich sofort die Anregungen der jeweils anderen Fraktionen als absolut untauglich abgelehnt. Einige forderten ein Gutachten, konnten sich aber nicht auf das Worüber einigen. Andere forderten den Einsatz eines Beraters. In mehreren Nachtsitzungen, in denen sich sogar das Interesse einiger Hinterbänkler so entzündete, dass sie nicht nur körperlich, sondern auch geistig anwesend waren, hatte man sich so nachhaltig zerstritten, dass einige Ratsherren die Entscheidung bis zur 750-Jahr-Feier vertagen wollten. Wohl in der Hoffnung, dass sie dann wegen natürlicher Fluktuation nicht mehr die schwere Bürde des Amtes zu tragen haben würden. Selbst als eine kleine Anzahl Bürgervertreter diese Problematik zum Anlass genommen hatten, wieder einmal aus Gewissensgründen, wie sie es nannten, Parteienhopping zu praktizieren, also die Partei zu wechseln, veränderten sich die Mehrheitsverhältnisse nicht signifikant.

Schließlich hatte OB Schluckthardt ein Machtwort gesprochen und konnte damit den gordischen Knoten durchschlagen. Man einigte sich in offener Abstimmung, ohne Fraktionszwang, auf einen Losentscheid. Jede Fraktion reichte ihren Vorschlag schriftlich im verschlossenen Umschlag ein. Zweiter Bürgermeister Andy Farmer stellte aus seinem Dienstzimmer ein absolut gewaltfrei getöpfertes Aborigine-Tongefäß, das er von seinem letzten Abnehmurlaub im australischen Outback als Souvenir mitgebracht hatte, zur Verfügung, in dem dann die Vorschläge eingelegt wurden. Es hatte einer weiteren Nachtsitzung bedurft, bis man sich in der dritten Abstimmung auf die deutsche Weinkönigin als Glücksfee für die Auslosung einigte. Da die derzeit Regierende aus terminlichen Gründen keine Zeit hatte, an den Main zu kommen, wurde die emeritierte Sommeracher Weinhoheit Nikki Feen aus dem Jahre 1981 um Hilfe gebeten. Als sie erfuhr, dass die spätere Krönungszeremonie vom Bayerischen Fernsehen übertragen würde und man ihr die Moderation anvertrauen wolle, war sie gerne bereit gewesen, ihr schlankes Händchen in den Lostopf zu versenken. Sie zog den Vorschlag der Freudigen Wähler.

Der Einsendeschluss für die Bewerbungsfotos der Misswahl war seit drei Tagen vorüber und nun oblag es einem eigens hierfür gegründeten Arbeitskreis, bestehend aus Schluckthardt und den Fraktionsvorsitzenden der im Stadtrat vertretenen Parteien, eine Vorauswahl zu treffen. Eine höchst schwierige und undankbare Aufgabe, bei der man eigentlich nichts richtig machen konnte. In zehn Minuten würden sich die Fraktionsvorsitzenden bei ihm einfinden, um das Prozedere der Vorauswahl zu besprechen.

Da klopfte es auch schon an der Tür. Der OB wurde aus seinen grüblerischen Gedanken gerissen. Auf sein „Herein“ betrat Sepp Steinklopfer, der Fraktionsvorsitzende der Freudigen Wähler, beschwingt das Büro.

„Sorry, ich bin etwas zu früh“, warf er mit einem freundlichen Winken in den Raum. „Aber wie sag ich immer, man kommt besser zu früh als gar nicht.“ Sein schallendes Gelächter brach sich an den Wänden der Amtsstube. Steinklopfer war bekannt für seine scharfe Zunge und seinen skurrilen Humor, Eigenschaften, die in schwierigen Stadtratssitzungen immer wieder für Auflockerung sorgten, weil sie nicht von jedem verstanden wurden.

„Zunächst einmal einen wunderschönen Nachmittag, Herr Oberbürgermeister, wie ich sehe, befassen Sie sich bereits intensiv mit den Schönsten der Stadt.“

„Grüß Gott, Kollege Steinklopfer, da haben wir uns ja was Tolles eingebrockt, das kann ich Ihnen sagen!“ Er gab Steinklopfer die Hand und wies dabei mit der anderen Hand auf die Bilder.

„Da kann ich Ihnen nur beipflichten, da sind ja ein paar echte Sahneschnitten dabei, wenn ich das so sagen darf.“ Steinklopfers Augen bekamen einen ganz feuchten Glanz.

„Aber Herr Kollege ...!“ Der OB kam nicht weiter, weil es in diesem Augenblick erneut klopfte und mehrere Personen das Dienstzimmer betraten. Es handelte sich um sämtliche Fraktionsvorsitzenden der zehn vertretenen Parteien des Stadtrats von Würzburg. Der OB gab allen die

Hand, dabei erklärte er entschuldigend: „Es tut mir leid, es ist hier etwas ungemütlich, aber ich wollte die Bilder nicht in einem anderen Raum auslegen lassen, da ich vermeiden wollte, dass Unbefugte sie zu sehen bekommen."

Unter allgemeinem Volksgemurmel verteilten sich die Damen – als zweite Frau für den verhinderten Rochus Hirschruf war seine Stellvertreterin Aisha Ludmilla Brandner erschienen – und Herren im ganzen Raum rund um den Tisch und musterten konzentriert die Fotos.

Die beiden Damen, die sich natürlich deutlich in der Unterzahl befanden, warfen ihren männlichen Kollegen kritische Blicke zu. Unter Berücksichtigung der teilweise sehr freizügigen Badebekleidung, die die Bewerberinnen auf den Bildern trugen, waren sie sich insgeheim darin einig, dass in dieser Frage aus hormonellen Gründen nur von den wenigsten Herren eine objektive Beurteilung zu erwarten war. Da würde selbst die ältesten Semester ein Frühlingsahnen ereilen.

Der Oberbürgermeister räusperte sich, um sich Gehör zu verschaffen. Nachdem etwas Ruhe eingetreten war, erklärte er: „Liebe Kolleginnen, liebe Kollegen, nachdem unser Aufruf unter der weiblichen Bevölkerung von Würzburg eine derartig erfreuliche Resonanz gefunden hat, aber natürlich nur eine der Damen den Titel erringen kann, müssen wir uns nun dem undankbaren Geschäft der Vorauswahl unterziehen. Ich habe mir daher folgendes Prozedere überlegt: Jede der im Stadtrat vertretenen zehn

Parteien schließt in einem ersten Auswahlverfahren jeweils zehn Bewerberinnen aus. Damit sind dann schon mal hundert Damen ausgeschieden. Die dann verbleibenden fünf Kandidatinnen müssen sich dann einem noch näher zu beschließenden Auswahlverfahren durch dieses Gremium stellen. Das sollte dann, etwa vergleichbar mit der Wahl der Weinkönigin, öffentlich geschehen."

Der Oberbürgermeister suchte in den Gesichtern der Bürgervertreter nach einer Reaktion. Meist vergeblich. Zumindest die männlichen Volksvertreter hatten überwiegend nicht zugehört, weil sie sich immer noch intensiv mit den Bildern beschäftigten. Der OB wiederholte noch einmal seinen Vorschlag, diesmal lauter.

Jetzt begann eine heftige Diskussion. Ging es am Anfang noch recht sachlich und gesittet zu, änderte sich das Verhalten schlagartig, als erste Fraktionsvorsitzende sich Fotos schnappten und lauthals Ausscheidungsmerkmale verkündeten. Es konnte natürlich nicht ausbleiben, dass die Kandidatin, die von dem einen Stadtrat abgelehnt, sofort von einem anderen als einzig wahre Favoritin bezeichnet wurde. Rufe wie „Du hast doch kei Ahnung, die sieht doch echt super aus!" oder „Lass mich halt aa amal guck!" oder „Ich habs gsenn, du hast des Bild eigsteckt! Tu's sofort widder raus!" schallten von den Wänden des Büros wider.

Sehr schnell kam der Oberbürgermeister zu der Erkenntnis, dass er mit dieser Vorgehensweise gewissermaßen die Büchse der Pandora geöffnet hatte. Nur unter Aufbietung seiner gesamten Stimmgewalt schaffte er es, die Herren wieder in zivilisatorische Bahnen zu lenken.

„Liebe Kolleginnen, liebe Kollegen, ich denke, auf diesem Wege kommen wir zu keinem Ergebnis. Wir müssen das vereinfachen! Mir schwebt vor, dass die Fraktionen in einem ersten Wahlgang aus allen Bildern zunächst eine optische Auswahl treffen. Dazu wird jede Fraktion eine Fotomontage aller Bilder auf einer großen Tafel erhalten und kann jeweils zehn Bewerberinnen herausstreichen. Die Kandidatinnen, die bei einer anschließenden Gegenüberstellung von allen Fraktionen abgelehnt wurden, scheiden aus. Danach werden die verbliebenen Bilder mit den noch im Rennen befindlichen Bewerberinnen wiederum auf die Fraktionen verteilt und es kann eine bestimmte Anzahl, die dann noch zu bestimmen ist, herausgestrichen werden. Wieder werden die übereinstimmend Abgewählten gestrichen. Dies setzen wir so lange fort, bis noch fünf Kandidatinnen übrig sind. Wie Sie sehen, sind auf den Rückseiten der Fotos fortlaufende Nummern notiert, anhand derer man später die einzelne Kandidatin identifizieren kann. Die genauen Persönlichkeitsdaten sind auf einer eigenen externen Liste erfasst, die im Tresor der Verwaltungsgeschäftsstelle eingeschlossen ist. Diese Vorgehensweise halte ich für sinnvoll, um bei der ersten Auswahl primär das Aussehen der Kandidatinnen bewerten zu lassen."

„Das ist doch wieder typisch Mann", flüsterte Melinda Burgfried der neben ihr stehenden Aisha Ludmilla Brandner ins Ohr. Stadträtin Brandner vertrat bei diesem Termin Rochus Hirschruf, weil er in seiner Eigenschaft als Mitglied des Aufsichtsrats der WBB, Würzburger Bahn- und Bus bGmH (beschränkte Gesellschaft mit Haftung), verhindert war. „Es geht wieder nur um BuBeiPo, Busen, Beine, Po! Neandertaler allesamt!"

„Na ja, liebe Kollegin Burgfried, sie sollten nicht so streng sein, irgendwie kann ich unsere männlichen Kollegen schon ein bisschen verstehen. Da sind wirklich einige ganz leckere Mädchen dabei." Wie beiläufig ließ sie etwas verträumt ihre Finger sanft über ein Hochglanzfoto gleiten, auf dem eine blonde Schönheit im knappen Bikini abgelichtet war.

Melinda Burgfried warf ihr von der Seite einen schrägen Blick zu. Anscheinend war an den Gerüchten, die schon seit Monaten im Haus hinter vorgehaltener Hand über ihre zwischenmenschliche Orientierung kursierten, etwas Wahres dran. Aber das war ihr letztlich egal.

Es dauerte mehr als drei Stunden, in denen sich die Damen und Herren Stadtabgeordneten die Köpfe heißredeten, ob sie dem Vorschlag des OB folgen sollten oder nicht. Erwartungsgemäß kamen sie zu keinem vernünftigen Ergebnis.

Der Oberbürgermeister ließ die Sitzung unterbrechen, weil die Sekretärinnen des Chefbüros zwei Platten mit leckeren Kanapees auftrugen, damit sich die Mitglieder der Jury stärken konnten.

Danach ging die Sitzung gnadenlos weiter. Um kurz nach Mitternacht erhob sich Oberbürgermeister Schluckthardt und beendete völlig ausgelaugt die Besprechung. Einvernehmlich vertagte man sich auf den nächsten Nachmittag. Man war sich darin einig, dass die Besprechung der Auswahlregularien dann im Casino fortgesetzt werden sollte. Hier, im Büro des Oberbürgermeisters, empfand man die Atmosphäre irgendwie als sehr arbeitslastig, wodurch die Damen und Herren Bürgervertreter die Kreativität und Inspiration ihres freien Geistes massiv belastet sahen. Die Herrschaften waren in diesem Punkt in seltener Einigkeit der Meinung, dass man mit Hilfe von Küchlers Blauen Zipfeln und einem ordentlichen Schoppen wesentlich schneller zu einem Ergebnis kommen würde als hier auf dieser „trockenen Baustelle", wie Sepp Steinklopfer sich in seiner üblichen feinen Art ausdrückte.

OB Schluckthardt schluckte ob dieses subtilen Vorwurfs hart, musste aber schließlich das Mehrheitsvotum akzeptieren und löste die Versammlung auf.

4

Die nächsten zwei Sitzungen von Oberbürgermeister und Fraktionsvorsitzenden in dieser schwerwiegenden Frage wurden wegen der zu erwartenden positiven Arbeitsatmosphäre wunschgemäß im Casino abgehalten. Sie führten schlussendlich, man mag es kaum glauben, zu dem Ergebnis, das der Oberbürgermeister schon zu Beginn der Debatte vorgeschlagen hatte. Vorher musste noch der unsinnige Vorschlag von Melinda Burgfried abgewehrt werden, die doch tatsächlich beantragte, man möge alle Bilder in einen Karton werfen, gut durchmischen und dann ganz einfach fünf Kandidatinnen ziehen. Ein völlig unpraktikabler Antrag, da hierbei doch jede individuelle Beurteilung der Kandidatinnen unmöglich wurde und man sich dem bloßen Zufall auslieferte.

Der Kämmerer schickte erleichtert ein Stoßgebet gen Himmel, denn die Weinvorräte des Rathauses hatten im Rahmen dieser Besprechungen einen erheblichen Schwund erlitten und bis heute gerade so ausgereicht. Noch zwei Sitzungen mehr und die Herrschaften wären auf dem Trockenen gesessen. Das Gremium war damit gerade noch an einer mittleren Versorgungskatastrophe entlanggeschrammt, denn das Monatskontingent des Kämmerers für Besprechungswein war bereits restlos ausgeschöpft. Auch der Casinowirt zeigte sich erleichtert, denn selbst der Bratwurstlieferant war wegen der starken Nachfrage an seine Kapazitätsgrenzen gekommen. Auch die Lauch- und Zwiebellieferanten aus den umliegenden Dörfern, die den Wirt mit dem unverzichtbaren Geschmacksträger versorgten, machten sich bereits Sorgen, wie sie den erheblichen Bedarf decken sollten. Einige hatten schon die Bestände ihres Privatgemüses angegriffen.

Kaum hatte man sich auf den schwierigen Weg geeinigt, brach die Stunde der Bedenkenträger an (nicht verwandt oder verschwägert mit dem hier agierenden Stadtrat). Immer wieder brach Streit darüber aus, ob es den Kandidatinnen gegenüber gerecht sei, die Vorauswahl ausschließlich am „grünen Tisch" vorzunehmen. Rochus Hirschruf von der LiReli, unterstützt von Xaver Beutelschneider, forderte daher mehrfach vehement die Abhaltung einer Art „Trainingslager", wie er es nannte, in dem dann die Mitglieder des Auswahlgremiums die eingeladenen Kandidatinnen „auf Herz und Nieren" prüfen konnten.

Dieser Vorschlag löste heftigsten Protest von Melinda Burgfried aus. Vermutete sie doch hinter dieser Initiative ihrer männlichen Kollegen den verkappten Wunsch, den Kandidatinnen näher treten zu können, als es ihrer Objektivität guttat. Bis dieser Vorschlag dann endlich vom Tisch war, verdampfte wieder der Inhalt einiger Bocksbeutel, um die heißen Gehirne der Entscheidungsträger zu kühlen.

Letztlich waren dann dank des aufopfernden Einsatzes der Beteiligten des Auswahlverfahrens tatsächlich nur noch fünf Kandidatinnen übrig, die dann in die Schlussauswahl kommen sollten.

Um die verwaltungstechnische Organisation der eigentlichen Wahl würde sich dann das Sekretariat des Oberbürgermeisters kümmern. Die Leitzordner mit den Protokollen über das Auswahlverfahren und sämtliche Fotos der Kandidatinnen wurden im Tresor des Chefsekretariats zu Beweiszwecken sicher aufbewahrt. Schließlich musste man damit rechnen, dass eine der verschmähten Damen Klage vor dem Verwaltungsgericht erheben würde.

Über Würzburg lag die Dunkelheit wie ein dichter Mantel. Der wolkenverhangene Himmel ließ dem Halbmond kaum Gelegenheit, mit seinem fahlen Licht auf die Straßen und Plätze der Stadt durchzudringen.

Die langen Flure des Grafeneckarts wurden durch das *Sonnenlicht*, das durch die hohen Fenster hereinkam, kaum erhellt. Die tiefen Schlagschatten der Erker und Türnischen verbreiteten absolute Dunkelheit. Eine nahe gelegene Turmuhr schlug gerade die dritte Stunde, als sich eine

dunkel gekleidete Gestalt aus einem der Schatten löste und hastig den Gang entlanghuschte. Die Person schien sich hier auszukennen, denn sie eilte gezielt auf eine bestimmte Tür zu und führte dort einen Schlüssel ins Schloss. Ohne zu zögern, betrat sie den dahinter befindlichen Raum. Obwohl sie sicher war, um diese Zeit keinen anderen Menschen im Gebäude anzutreffen, ließ sie die Tür leicht angelehnt, um eventuelle Geräusche von draußen rechtzeitig zu hören. Mit einer schnellen Bewegung schaltete sie die kleine Kopflampe ein, die sie auf der Stirne trug. Im weichen Rotlicht der Lampe konnte sie nun die nüchtern-funktionalen Einrichtungsgegenstände des Büros erkennen, die durch den roten Schein fast mystisch schimmerten. Der nächtliche Eindringling musste nicht lange suchen. Er wusste, dass eine der Schreibdamen den Code für den Tresor unter ihrer Computertastatur festgeklebt hatte. Gestern hatte er telefonisch den Auftrag erhalten, den er jetzt ausführte.

Nachdem er sein Vorhaben in die Tat umgesetzt hatte, legte er alle Gegenstände wieder so zurück, wie er sie angetroffen hatte. Dann verriegelte er den Tresor, verließ den Raum und schloss von außen sorgfältig ab. Da er Handschuhe trug, war er sicher, keine Spuren hinterlassen zu haben. Im Übrigen ging er nicht davon aus, dass man hinsichtlich seines Tuns Nachforschungen anstellen würde. Dazu musste man seine Manipulation erst einmal erkennen.

Wenig später lag das Gebäude wieder verlassen da. Einige Minuten später verließ ein beiger Kleinwagen die Markttiefgarage und fuhr am Main in Richtung Ringparkanlagen davon.

Selbstverständlich zeigten die Medien in Würzburg und Umgebung an der Wahl der Miss Grafeneckart besonderes Interesse. Deshalb hatte Oberbürgermeister Schluckthardt sofort nach Festlegung der Auswahlprozedur durch den Stadtrat eine Pressekonferenz einberufen, in der er den eingeladenen Medienvertretern das Prozedere ausführlich erläuterte. Dabei bekamen die Herrschaften auch die eingereichten Bilder der Kandidatinnen zu sehen, erhielten aber nicht die Erlaubnis, diese abzulichten. Er verkündete jedoch, dass nach einer internen geheimen Auswahl durch ein Wahlgremium, das aus ihm selbst und allen Fraktionsvorsitzenden bestand, eine öffentliche Präsentation der fünf in die Schlussauswahl gekommenen Kandidatinnen erfolgen würde.

Nach seiner Wahl zum Oberbürgermeister hatte der Rathauschef sehr schnell gelernt, die Presse pfleglich zu behandeln. Aus diesem Grund fand die Konferenz auch im Casino statt. Der Wirt, gefragt, was er den Damen und Herren Pressevertretern an Speisen und Getränken anbieten könnte, schlug vor, sein Stammgericht, Blaue Zipfel, zu kredenzen. Der Oberbürgermeister war gerne damit einverstanden und der Wirt freute sich, eine Charge Bratwürste, die er in der Annahme, dass noch eine weitere Auswahlsitzung des Stadtrats stattfinden würde, vor zehn Tagen auf Vorrat gekauft hatte, an die Frau beziehungsweise an den Mann bringen zu können. Er würde diesmal den Sud etwas schärfer zubereiten, sodass man den sich zwischenzeitlich eingestellten etwas strengen Beigeschmack der Würste nicht mehr wahrnehmen konnte. Die Wahrscheinlichkeit, dass sich unter den Vertretern dieser Spezies ein echter Gourmet befand, tendierte stark gegen null. Alle Pressevertreter sahen in dieser Verköstigung sowieso in erster Linie einen allfälligen Tribut an ihren Stand und eine Bereicherung ihres kulinarischen Lebensstandards. Hierbei rangierte oft Quantität deutlich vor Qualität. Diese ständige Hetze zwischen den Terminen machte eine regelmäßige, gesunde Ernährung beinahe unmöglich.

Fast alle sprachen herzhaft den Blauen Zipfeln und auch dem gereichten Pressewein zu, den der Wirt, nachdem er sich mit dem Kämmerer ins Benehmen gesetzt hatte, den mit KW (Kann weg) und MW (Muss weg) beschrifteten Regalen des rathäuslichen Weinlagers entnommen hatte.

Vom Büro des Bürgermeisters erhielten alle eine ausführliche Pressemitteilung. Eine erfreuliche Erleichterung des harten Pressedaseins, mit deren Hilfe man sich das jeweilige Zeilenhonorar nicht ganz so mühsam verdienen und sich um die Rechtschreibung keine tiefgründigen Gedanken machen musste. Damit war die Stimmung gut, ja fast ausgelassen, so dass die Stadt ausnahmsweise einmal mit einer positiven Berichterstattung der freien, objektiven Presse rechnen konnte.

Lediglich Roderich Kesselflicker, ein eher misanthropischer Zeitgenosse, der für das Würzburger Meeblättle, eine unabhängige kulturelle Monatszeitung, schrieb, sah durch die Distanzlosigkeit, die seiner Meinung nach in dieser Einladung zum Ausdruck kam, die Freiheit der Berichterstattung gefährdet und aß mit sauertöpfischer Miene mitgebrachtes Knäckebrot und trank Tee aus seiner eigenen Thermoskanne.

Florian Gayer, hoch dotierter persönlicher Referent des Oberbürgermeisters, der die Aufgabe hatte, die Pressevertreter diskret aus dem Hintergrund zu observieren, bemerkte sehr schnell das potentiell abweichlerische Verhalten von Roderich Kesselflicker und gab seinem Chef einen entsprechenden Wink.

„Danke für den Hinweis, lieber Gayer, dann kümmern Sie sich doch bitte etwas persönlicher um den Herrn und fragen Sie ihn, ob Sie ihm vielleicht sonstwie etwas Gutes tun können. Heitern Sie ihn auf, erzählen Sie ihm einen Witz. Strengen Sie sich an! Ich möchte in der nächsten Ausgabe des Meeblättles keinen unerfreulichen Artikel stehen haben."

Gayers Einsatz erübrigte sich jedoch, da plötzlich die Tür des Casinos aufging und die Damen und Herren Fraktionsvorsitzenden eintraten, um die Pressekonferenz zu bereichern. Die Kommunalpolitiker mischten sich unter die Pressevertreter und standen den Damen und Herren gerne Rede und Antwort. Wobei natürlich keiner versäumte, ganz subtil auf seine speziellen Verdienste bei der Kreierung einer Miss Grafeneckart hinzuweisen mit dem Zusatz „Sie können mich gerne zitieren".

Irgendwann gab es nichts mehr zu essen und die Schoppen waren aus. Etwas verlassen standen die leeren Teller neben den nur noch mit Luft gefüllten Gläsern. Plötzlich erinnerten sich die Vertreter der schreibenden Zunft schlagartig ihrer eigentlichen Bestimmung und verabschiedeten sich fast überstürzt.

Florian Gayer, der während der gesamten Veranstaltung scharf darauf geachtet hatte, dass keines der einhundertfünf Fotos verschwand, näherte sich der Bilderwand und machte gerade Anstalten, die Bilder in einer verschließbaren Stahlkassette zu verwahren, als sich ihm Sepp Steinklopfer von der Seite her näherte.

„Lieber Gayer, warten Sie doch bitte mal einen Moment. Ich habe mir die Bildergalerie vorhin noch einmal in Ruhe angesehen. Dabei ist mir aufgefallen, dass etwas nicht stimmt."

Gayer fuhr erschrocken herum. „Herr Stadtrat, wie meinen Sie das? Ich habe gerade noch einmal nachgezählt, alle einhundertfünf Fotos sind ordnungsgemäß vorhanden. Wenn Sie wünschen, kann ich gerne noch einmal nachzählen."

„Nein, das meine ich nicht. Ich glaube schon, dass die Anzahl stimmt. Aber eines der Mädchen sieht meines Erachtens plötzlich anders aus …“ Er deutete mit dem Finger auf das Foto mit der Nummer 69. „… und da ich nicht annehme, dass das Foto über Nacht einer Gesichtsoperation unterzogen wurde, muss es wohl ausgetauscht worden sein.“

Der städtische Beamte riss betroffen die Augenbrauen in die Höhe. „Niemals! Das kann definitiv nicht sein! Die Fotos waren die ganze Zeit im Tresor des Sekretariats des Oberbürgermeisters eingeschlossen. Außer dem Herrn Oberbürgermeister, der Sekretärin und mir ist niemandem der Code des Panzerschranks bekannt. Nehmen Sie mir es bitte nicht übel, aber wie wollen Sie bei einhundertfünf Fotos feststellen, dass sich bei einem Bild etwas geändert hat? Im Übrigen, wer sollte ein Interesse daran haben, eines der Mädchen auszutauschen?“

„Lieber Gayer, Sie werden es nicht glauben, aber ich habe ein fotografisches Gedächtnis. Viele Dinge des täglichen Lebens nehme ich als Bild in mein Gedächtnis auf. Es ist für mich daher kein Problem festzustellen, ob sich bei den Bildern etwas geändert hat, seitdem ich sie das letzte Mal gesehen habe. Das ist hier definitiv der Fall!“

Jetzt wurde der Beamte doch sichtlich nervös.

„Ich werde das anhand unserer Listen sofort überprüfen. Die Angaben zu Kandidatin 69 sind ja in unserer Eingangsliste akribisch festgehalten. Wenn Sie Recht haben, wäre das ja ein Skandal und eine Katastrophe. Bei derartigen Misswahlen besteht immer die Gefahr, dass man sich dem Vorwurf der Manipulation ausgesetzt sieht." Hastig packte er die restlichen Bilder in die Kassette, dann verließ er aufgeregt das Casino.

Steinklopfer sah ihm mit ärgerlicher Miene hinterher. Aus bestimmten Gründen war es ihm gar nicht egal, wer von den Kandidatinnen letztendlich zum Zug kam. Deshalb hatte er auch ein scharfes Augenmerk auf die Fotos. Der von ihm behauptete Austausch hatte tatsächlich stattgefunden. Irgendjemand musste ein Interesse daran haben, bei den Bewerberinnen zu manipulieren. Er vermutete, dass einige Parteienvertreter unter Regelverstoß einen Protegé ins Rennen um die Miss Grafeneckart geschickt hatten. Bezüglich der Gründe konnte er nur spekulieren. Er nahm sich vor, in dieser Angelegenheit etwas zu unternehmen. Für ihn stand einiges auf dem Spiel. Einen Moment später verließ auch er das Casino.

Florian Gayer rumpelte mittlerweile ohne Anklopfen in das Sekretariat des Oberbürgermeisters und stellte die Kassette mit einem scheppernden Laut auf die Schreibtischplatte von Frau Gründlich, der Chefsekretärin des Rathauschefs. Die herbstblonde Frau hinter dem Schreibtisch, die von Berufs wegen ein Gemüt wie ein Fleischerhund haben musste und auch hatte, funkelte den Eindringling befremdet an. Was erlaubte er sich?! Tief drinnen war sie

jedoch alarmiert, weil Gayer unter normalen Umständen kaum aus der verbeamteten Ruhe zu bringen war. Da musste schon etwas Gewaltiges passiert sein, dass es seinen Blutdruck derart in die Höhe trieb.

„Wer außer mir, dem OB und Ihnen kennt den Zahlencode für unseren Tresor?“, bellte er sie auch schon an.

„Niemand!“, erklärte sie kategorisch. „Im Übrigen möchte ich sie ersuchen, Ihren Ton zu mäßigen und nicht meinen Schreibtisch zu demolieren!“ Demonstrativ hob sie mit spitzen Fingern die Metallkassette in die Höhe und fuhr mit der Hand prüfend über das Holz.

Erstaunlicherweise ließ sich Gayer von der forschen Entgegnung der Chefsekretärin nicht beeindrucken. Auch das war ungewöhnlich, denn normalerweise respektierte jeder die ungekrönte Herrscherin der Verwaltung, die allen Stürmen im Rathaus getrotzt hatte, dank ihres Credos „Mir ist völlig egal, wer unter mir Oberbürgermeister ist!“.

Das Verhalten des Herrn Referenten war definitiv ungehörig. Tat er doch so, als habe er sie gar nicht gehört!

„Das ist doch jetzt völlig uninteressant! Hier im Sekretariat muss es eine Sicherheitslücke geben! Erklären Sie mir bitte, wie es sonst sein kann, dass offenbar das Foto einer Kandidatin ausgetauscht wurde. Hat irgendjemand der berechtigten Personen vor dem heutigen Pressetermin die Kassette entnommen?“

Für Eleonore Gründlich ging es jetzt um die Ehre!

„Ich weiß ja nicht, wie oft der OB oder Sie in meiner Abwesenheit sich diese Bilder heimlich angesehen haben“, erwiderte sie spitz. „Solange ich jedenfalls in diesem Raum war, hat niemand diese Kassette angefasst! Nur damit das klar ist!“ Sie saß kerzengerade in ihrem Bürostuhl und funkelte Gayer zornig an.

Seine kurze Rebellion fiel in sich zusammen wie ein Kartenhaus. Er ließ sich auf keinen weiteren Disput ein, weil er vermutlich sowieso den Kürzeren gezogen hätte. Ohne eine weitere Bemerkung ging er zum Tresor, stellte die Kombination ein und öffnete ihn. Mit einem Griff schnappte er sich die Liste, auf der unter fortlaufender Nummer die Daten der Bewerberinnen verzeichnet waren. Für jede Bewerberin war eine eigene Seite angelegt worden. Sehr schnell hatte er sich zur Nummer 69 durchgeblättert. Eingehend musterte er das Blatt. Darauf waren die persönlichen Daten, einschließlich der Körpergröße und sonstiger aussagekräftiger Maße, einer Jasmin Cheyenne von und zu Köddel, sechsundzwanzig Jahre alt, aus Würzburg-Heidingsfeld, verzeichnet. Als Beruf war Model angegeben. Es zeigten sich keinerlei Hinweise auf eine Manipulation. Schriftbild und Aufteilung der Informationen auf dem Blatt waren absolut mit den anderen Seiten identisch.

„Na, haben Sie etwas herausgefunden? Wie kommen Sie überhaupt auf die Idee, dass hier der Austausch einer Kandidatin stattgefunden haben könnte?“ Gründlich wollte das auf der Stelle geklärt haben. Schließlich wurde hier ihre Zuverlässigkeit in Frage gestellt.

Florian Gayer zuckte mit den Schultern. „Herrn Stadtrat Steinklopfer ist das aufgefallen. Die Nummer 69 ist seiner Meinung nach ausgetauscht."

Eleonore Gründlich machte eine wegwerfende Handbewegung. „Ach, der Steinklopfer soll nicht so einen Wind machen. Er hat kürzlich auch behauptet, unser Erster Bürgermeister habe mit Hypnose fünf Kilo abgenommen. In Wirklichkeit hat er ohne Hypnose fünf Kilo zugenommen. Ich hab's direkt von seiner Frau." Sie wandte sich wieder ihrem Aktenberg zu. „Außerdem, wer überprüft denn, ob alle Mädchen, die sich beworben haben, auch tatsächlich auf der Liste stehen? Im Auswahlverfahren werden doch bis auf fünf, die ins Schlussrennen kommen, alle ausgeschlossen. Mal ganz praktisch betrachtet: Wer soll denn da feststellen, ob eine mehr oder weniger dabei war? Also, Herr Gayer, machen Sie sich mal keinen Kopf." Sie begann konzentriert auf ihrer Tastatur herumzuklappern. Das Gespräch war für sie beendet.

Der Beamte zog zwar eine bekümmerte Miene, packte dann aber die Kassette und die Liste wieder zurück in den Tresor und schloss ihn ab. Am besten man bewahrte über die ganze Angelegenheit Stillschweigen, denn den Vorwurf der Manipulation konnte sich das Rathaus auf keinen Fall leisten. Er nahm sich vor, nochmals mit Steinklopfer zu sprechen, damit der diese peinliche Angelegenheit auch tatsächlich für sich behielt. Den Oberbürgermeister würde er vorerst damit nicht behelligen und er bat auch Frau

Gründlich, mal ausnahmsweise ihrem Namen keine Ehre zu erweisen und gegenüber ihrem Chef Stillschweigen zu wahren, was sie mürrisch und nur mit Verzögerung zusagte.

Obwohl das alte Gemäuer der Stadtverwaltung sehr massiv war, war es hinsichtlich der Diskretion löchrig wie ein alter Schweizer Käse. Schon zwei Tage später hatte die Nachricht von einer atmosphärischen Störung beim Ablauf der Wahl zur Miss Grafeneckart in fast allen Abteilungen des Hauses die Runde gemacht, obwohl Frau Gründlich wirklich schwieg wie ein Grab. Da jedoch niemand etwas Genaues wusste, kochte die Gerüchteküche gewaltig über. Wilde Spekulationen schossen ins Kraut und gaben dem Tratsch im Haus ordentlich Futter.

Wie immer in solchen Fällen erfuhr der Oberbürgermeister von der Problematik als Letzter von seinem Fahrer. Daraufhin bestellte er sofort seinen persönlichen Referenten ein und ließ sich Bericht erstatten. Er verpasste Florian Gayer eine ordentliche Zigarre und seiner Sekretärin einen Anpfiff, dann ließ er die Sache auf sich beruhen. Worauf sie ihm eine Woche lang keinen Kaffee servierte und ihn mit eisigem Schweigen strafte. Jetzt konnte man nur noch hoffen, dass die Presse nichts von diesem Missgeschick mitbekam.

5

Gustav Rammler, von seinen ehemaligen Kollegen Gustl genannt, war Rentner. Seit zwei Jahren genoss er seinen wohlverdienten Ruhestand, wie man für gewöhnlich diesen Zustand nach fünfundvierzig Dienstjahren nannte. Das Problem war nur, Gustl empfand vertrackterweise auch nicht den kleinsten Hauch von Ruhe. Seit seiner Verrentung fühlte er sich, als wäre er aus der Welt gefallen. Früher, ja, da war er jemand. Achtzehn Jahre saß er als Vizeabteilungsleiter im Ordnungsamt der Stadtverwaltung und erteilte oder versagte Genehmigungen aller Art. Da ging es um Kampfhunde, Waffen, Pokerturniere, Feste, Lotterien, Verlosungen, Feuerwerke, Sprengstoffangelegenheiten, Demonstrationen, Jagd-, Waffen- und Fischereischeine und vieles mehr. Da konnte er ermitteln, entscheiden und gestalten. Und jetzt? Seine neue Chefin, wie er Sieglinde, seine Angetraute, nannte, hielt ihm täglich in ausführlichen Statements vor Augen, dass er als ehemaliger Mitarbeiter des Ordnungsamtes zuhause gefälligst mehr Ordnung halten sollte. Sie wollte einfach nicht verstehen, dass er dafür zuständig gewesen war, andere zur Ordnung anzuhalten, und dies mit seiner praktizierten kreativen Ordnungsauffassung zuhause, wie er es nannte, einfach nichts zu tun hatte. Urlaubsanspruch hat er auch keinen mehr und an eine Krankschreibung, beispielsweise bei einem dieser lebensgefährlichen „Männerschnupfen", war überhaupt nicht zu denken. Kein Wunder, dass viele seiner Leidensgenossen in diesem Lebensabschnitt in sprichwörtlichen Löchern verschwanden. Gustl dachte aber gar nicht daran, dieses Schicksal zu teilen. Findig, wie er nun einmal war, entdeckte er schon bald eine Nische, die ihm einen gewissen Freiraum erlaubte. Seine Sieglinde verschmutzte nur ungern das Ceranfeld ihres hochwertigen Hightech-Herdes, auf gut Deutsch: Sie kochte nicht gerne! Eines Tages fasste sich Gustl ein Herz und unterbreitete ihr in einem Moment guter Laune folgenden Vorschlag: „Hase, was hältst du davon, wenn ich dreimal in der Woche im Casino des Rathauses zu Mittag esse. Häschen, nicht dass mir dein Essen nicht schmecken würde, aber ich sehe doch, wie viel Arbeit du dir immer machst. Hasilein, das wäre doch für dich eine echte Entlastung, du hättest mehr Freizeit und ich könnte im Rathaus mit den ehemaligen Kollegen ein kleines Schwätzchen halten. Was denkst du, Hase?"

Dem geneigten Leser wird natürlich der Zusammenhang mit den Variationen des Kosenamens „Hase" und dem Familiennamen Rammler sofort aufgefallen sein und er wird möglicherweise gewisse Assoziationen entwickeln. Tatsächlich stammte diese Bezeichnung für seine Ehefrau noch aus einer sehr frühen Zeit ihrer Ehe, als Gustl Rammler ... wie soll man sagen ... das breite Feld ehelicher Verpflichtungen noch vollständig beackern konnte. Mittlerweile hatten diese Kosenamen eher nostalgische Bedeutung, denn Sieglinde-Häschen hatte mittlerweile mit einem Hasen so wenig gemeinsam wie eine Antilope mit einer Löwin. Umso mehr erstaunte es Gustl, dass seine Angetraute diesem Vorschlag sofort zustimmte. Und so kam es, dass Gustl Rammler immer montags, mittwochs und freitags im Casino der Stadtverwaltung sein Mittagessen einnahm. Dabei fiel natürlich auf, dass die ihm an der Ausgabe zugeteilten Portionen durchaus ansehnlich waren und das übliche Maß, das man dort einem Rentner zubilligte, sprengten. Was wahrscheinlich nicht zuletzt daran lag, dass der Wirt Dieter Küchler der ledige Sohn einer adoptierten Tochter seiner verwitweten Stiefgroßmutter väterlicherseits war und Gustl seinerzeit, als die Neuverpachtung des Casinos anstand, der Rathausspitze eine nachdrückliche Empfehlung für Dieter ausgesprochen hatte. Er hatte diesen Job bekommen, da man während seiner Dienstzeit auf Gustl Rammlers Meinung großen Wert legte.

Heute war Montag und Gustl Rammler betrat pünktlich fünf Minuten nach zwölf das Casino. Er blieb an der Tür stehen und hielt Ausschau nach dem Rentnertisch, wie er diesen Sammelplatz des Clubs der Deutschen Rentenversicherung nannte. Vor einiger Zeit hatte sich an einem bestimmten Tisch eine lose Interessengemeinschaft zusammengefunden. Rentner, die täglich ungefähr zur gleichen Zeit das Casino besuchten, um ihr Budget zu entlasten.

Gustl war keine sehr auffällige Erscheinung. Mit seinen ein Meter dreiundsiebzig wirkte er kräftig untersetzt, mit einem leichten Speckansatz rund um den mittleren Ring. Sein weißes Haupthaar hatte schon dichtere Zeiten gesehen, weswegen er es im Nacken, sehr zum Ärgernis seiner Sieglinde, mit einem Haargummi zu einem kurzen Zopf zusammenfasste. Der kurze Dreitagebart, der nach Aussage seiner Gattin wie „gewollt und nicht gekonnt" aussah, gab seinem grobknochigen Gesicht eine markante Note. Dank guter Gene war ihm bisher eine Brille erspart geblieben. Das Sehvermögen seiner grüngrauen Augen war ausgezeichnet.

Gustl nickte einigen ehemaligen Kollegen freundlich zu, dann griff er sich ein Tablett sowie Besteck und stellte sich an der Theke der Essensausgabe an. Heute wurde auf dem Speiseplan unter anderem gebackene Apfelleber mit Kartoffelpüree angeboten. Ein Gericht, das auf der Rangliste seiner Lieblingsmahlzeiten an oberer Stelle rangierte.

Kurz bevor er mit seinem Tablett die Essensausgabe erreichte, entdeckte ihn Dieter Küchler, der gerade einen Kontrollblick aus der Küche auf die gut besetzten Tische des Casinos warf. Küchler winkte ihm kurz zu, dann näherte er sich der Köchin an der Ausgabe, die offenbar neu war, und flüsterte ihr etwas ins Ohr. Die junge Frau, die zusammen mit einer Kollegin eifrig mit Kellen und Schöpfern diverse Porzellanplatten nach dem Wunsch der Gäste bestückte, warf Rammler einen kurzen Seitenblick zu, dann konzentrierte sie sich wieder auf ihre Arbeit. Als Gustl an der Reihe war, äußerte er seine Bestellung und die Köchin lud ihm eine ordentliche Portion Apfelleber und Püree aufs Porzellan, was die hinter ihm stehenden Rathausmitarbeiter zu erstaunten, um nicht zu sagen neidischen Bemerkungen veranlasste.

Gustl ignorierte dies mit einem leichten Grinsen, dann schnappte er sich seinen Teller, dazu eine Suppenterrine und marschierte zu einem der mintfarbenen Stühle, seinem Stammplatz, den ihm die Kollegen immer freihielten. Als er sich niederlassen wollte, entdeckte er neben dem angestrebten Platz Stadtrat Sepp Steinklopfer, der gerade konzentriert an einem Schweinebraten herumsäbelte, der sich offenbar mit einer gewissen Sturheit dem Messer widersetzte.

„Ist der Platz noch frei?", fragte Rammler Steinklopfer höflich.

„Gleich nicht mehr", erwiderte der Angesprochene und machte eine einladende Handbewegung in Richtung Sitzfläche. Gustl Rammler nickte dankend und ließ sich nieder.

„Hey, haben Sie was mit der Köchin?" Steinklopfer konnte sich beim Anblick des aufgehäuften Tellers eine erstaunte Bemerkung nicht verkneifen. „Sonst ist man hinter dem Tresen nach meiner Erfahrung doch eher auf minimalistische Zuteilungen eingestellt."

Rammler lachte. „Nur kein Neid!" Mit großem Appetit machte er sich über seine Portion her.

Naturgemäß war der Stadtrat mit dem Essen früher fertig als Rammler, da er nicht nur weniger auf dem Teller hatte, sondern auch eher angefangen hatte. Wortlos schob er seinen Teller zurück und griff zu seinem Weizenbier. Nachdem er einen kräftigen Schluck genommen hatte, lehnte er sich zurück und holte sein Smartphone aus der Hosentasche. In seine Tätigkeit versunken, hatte er nur Augen für das Handy. Gustl Rammler warf ihm beim Essen immer wieder neugierige Seitenblicke zu. Er kannte Steinklopfer schon lange und wusste, ihm haftete der Ruf eines immer vielbeschäftigten Mannes voraus. Jetzt schien es aber so, als würde der Stadtrat nur Zeit totschlagen wollen. Wartete er auf etwas?

Rammler hatte kein Problem, seine Portion restlos zu vertilgen. Schon als Kind hatte seine Mutter ihm beigebracht seinen Teller ordentlich leer zu essen. Anschließend legte er sein Besteck zusammen und lehnte sich mit einem wohligen Aufstoßen zurück. Jetzt fehlte ihm nur noch ein Bier. Die anderen Rentner am Tisch hatten sich schon verabschiedet, da sie vor dem Mittagsschlaf noch die To-do-Listen ihrer Angetrauten abarbeiten mussten.

Als hätte er seine Gedanken gelesen, steckte der Stadtrat nun sein Handy ein und wandte sich Steinklopfer zu. „Ich hoffe, es hat Ihnen geschmeckt. Was halten Sie davon, wenn ich Sie zu einem Bier einlade?"

Der Rentner zog erstaunt die Augenbrauen in die Höhe und erwiderte: „Wie komme ich denn zu dieser Ehre?" Irgendetwas war da im Busch!

Steinklopfer zögerte einen Augenblick, dann erklärte er mit gesenkter Stimme: „Herr Rammler, ich kenne Sie noch sehr gut von Ihrer ehemaligen Tätigkeit im Ordnungsamt her. Sie hatten den Ruf, ein geradliniger Bediensteter zu sein, der sich nicht von einem Weg, den er einmal für richtig erachtet hatte, abbringen ließ."

Rentner Rammler vernahm das Trapsen der berühmten Nachtigall. Was er da zu hören bekam, erfreute ihn natürlich, ließ bei ihm aber auch eine kleine Alarmglocke läuten. So viel Lobhudelei gab es sicher nicht gratis.

„Ich schlage vor, ich hole Ihnen jetzt ein Bier und dann setzen wir uns nach hinten in die Cafeteria, da ist es etwas ruhiger. Ich würde gerne etwas mit Ihnen besprechen."

Die Cafeteria schloss sich an die eigentliche Kantine an und unterschied sich innenarchitektonisch durch kleine runde Tische, die Sitzgruppen bildeten, von den rechteckigen Zehn-Personen-Abfütterungstafeln im Hauptraum.

Gustl Rammler machte eine zustimmende Geste. Außer Verdauen hatte er im Augenblick nichts Wesentliches vor. Der Stadtrat erhob sich, stellte Rammlers und sein Geschirr auf einem der Tabletts zusammen, stapelte die

Tabletts und trug alles zur Sammelstelle. Ein weiterer Anlass, sehr vorsichtig zu sein. Rammler beobachtete, wie Steinklopfer sich ein Pils zapfen ließ und mit einer Geste zum Hinterzimmer zeigte. Rammler packte Steinklopfers Bier und folgte dem Mann ins Nebenzimmer. Nachdem sie Platz genommen hatten, beugte sich Steinklopfer seinem Gegenüber vertrauensvoll zu und ließ die Katze aus dem Sack.

„Lieber Herr Rammler, wie gesagt, ich schätze Sie sehr."

Gustl Rammler war jetzt wirklich aufs Äußerste gespannt.

„Obwohl Sie nicht mehr im Dienst sind, haben Sie doch sicher das Gerücht vernommen, dass es bei der Vorauswahl der Kandidatinnen zur Wahl der Miss Grafeneckart Unstimmigkeiten gegeben haben soll."

„Ja, da gab es irgendwelche Nachrichten der Buschtrommeln, aber wenn ich ehrlich bin, habe ich da nicht sonderlich drauf geachtet, zumal ich nicht mehr im Dienst bin. Hier im Hause gab und gibt es ständig irgendwelches Gemunkel in die eine oder andere Richtung. Angeblich soll es ja einflussreiche Lobbyisten geben, die den einen oder anderen Stadtrat bei anstehenden Entscheidungen in die eine oder andere Richtung ‚beraten' wollen. Da hätte man viel zu tun, wenn man auf alles achten wollte."

„Ja, ja, es wird wirklich viel herumgeschmarrt. Nur an dem, was ich Ihnen sagen will, ist offenbar etwas Wahres dran."

„Aha." Rammler konnte sich noch immer nicht vorstellen, was Steinklopfer bezweckte, wurde aber hellhörig. Vorerst hielt er sich jedoch, getreu bewährter Mitarbeiterpraxis von früher, mit substanziellen Äußerungen zurück, da sie fehlinterpretiert werden konnten.

„Es sind bei dieser Wahl offensichtlich subversive Kräfte am Werk, die ziemlich aggressiv versuchen eine bestimmte Kandidatin durchzudrücken."

„Aha."

„Ja. Es wurde nach meiner Kenntnis eindeutig eine der Bewerberinnen klammheimlich aus den Einsendungen entfernt und dafür eine andere installiert!"

„Und woher wissen Sie das so genau?"

Der Stadtrat zögerte einen Moment, dann fuhr er fort: „Ich erwarte, dass Sie das, was ich Ihnen jetzt anvertraue, unbedingt für sich behalten." Er sah Rammler auffordernd an.

„Keine Sorge, von mir erfährt keiner was."

„Die fehlende Kandidatin ist meine Nichte Simone!" Steinklopfer wartete auf diese Eröffnung hin sichtlich angespannt auf eine Reaktion seines Gegenübers.

Gustl Rammler zuckte mit den Schultern. „Wo ist das Problem? Wenn Sie den Austausch bemerkt haben, müssen Sie sich halt an die Verwaltungsabteilung wenden und Ihren Protest einlegen. Dann kann sich Ihre Nichte doch noch einmal bewerben."

„Das geht eben nicht! Die Bewerbungsfrist ist lange abgelaufen, außerdem sind Verwandte von Stadträten und Rathausbediensteten von der Teilnahme ausgeschlossen."

„Sie haben also auch an der Sache gedreht", stellte Rammler trocken fest. „Wie haben Sie denn begründet, dass Sie das Fehlen Ihrer Nichte bemerkt haben? Das geht doch nur, wenn Sie zugeben, dass Sie die verschwundene Bewerberin kennen."

Steinklopfers Blick wurde etwas unstet. „Ich habe behauptet, ich hätte ein fotografisches Gedächtnis und würde daher bemerkt haben, dass die Kandidatin 69 ausgetauscht wurde. Bis jetzt hat keiner Verdacht geschöpft."

„Haben Sie eine Ahnung, wer hier manipuliert haben könnte? Kennen Sie die ausgetauschte Frau? Hat sie vielleicht auch einen Bezug zu einer Persönlichkeit aus dem Stadtrat, so wie Sie zu Ihrer Nichte?"

„Ihre ersten beiden Fragen muss ich mit Nein beantworten. Sie heißt, wie ich herausfinden konnte, Jasmin Cheyenne von und zu Köddel. Keine Ahnung, wer das ist. Aber was den letzten Punkt betrifft, besteht eine gewisse Wahrscheinlichkeit, dass sie Recht haben. Es muss auf jeden Fall jemand ein ganz gezieltes Interesse an ihr haben und die Möglichkeit besitzen, in irgendeiner Form, möglicherweise persönlich oder über dritte Personen, auf den Tresor, in dem die Bewerbungen der Kandidatinnen verwahrt werden, zuzugreifen."

„Wieso ist es eigentlich für Sie so wichtig, dass Ihre Nichte an dieser Wahl teilnimmt?"

Steinklopfer machte eine resignierte Handbewegung, dann erklärte er: „Sie müssen das verstehen. Die Kleine ist die jüngste Tochter meiner Schwester und ich bin ihr Taufpate. Als sie mich gefragt hat, ob ich mich darum kümmern könne, dass ihre Chancen bei der Wahl steigen, habe ich meine Klappe etwas zu weit aufgerissen. Sie verstehen, was ich meine? Wenn sie nicht mindestens in die Schlussauswahl kommt, darf ich mich bei meiner Schwester nicht mehr blicken lassen. Das würde mich hart treffen, denn sonntags bin ich immer bei ihr zum Mittagessen eingeladen. Sie kocht ganz ausgezeichnet! Wenn ich zukünftig darauf verzichten müsste, wäre dies ein schmerzlicher Einschnitt in meine Lebensqualität als Junggeselle." Seine ganze Körpersprache vermittelte den Zwiespalt, in dem er sich befand.

Gustl Rammler empfand fast so etwas wie Mitleid mit Steinklopfer. Es hätte nicht viel bedurft und er hätte ihm ein Papiertaschentuch gereicht, weil er glaubte, in seinen Augenwinkeln einen feuchten Schimmer zu erkennen. Aber ein Politiker ist auch ein Gutteil Schauspieler, also unterdrückte er diesen Impuls. Er überlegte einen Augenblick, dann erwiderte er: „Also gut, Herr Steinklopfer, ich werde mich mal umhören. Versprechen kann ich Ihnen allerdings nichts."

„Lieber Gustl, ich darf Sie doch so nennen, Sie ahnen ja gar nicht, wie dankbar ich Ihnen bin." Er griff in seine Jackentasche und holte eine Visitenkarte heraus, die er vor Rammler auf den Tisch legte. „Hier haben Sie meine Karte, darauf steht auch meine Handynummer. Wenn Sie etwas herausgefunden haben, dann rufen Sie mich doch bitte umgehend an.“

Steinklopfer erhob sich. Plötzlich hatte er es wieder eilig. Er gab Rammler die Hand und eilte davon. Der frisch gekürte Privatermittler hob sein Glas und trank es mit mehreren Schlucken leer. Auf was habe ich mich da bloß wieder eingelassen, dachte er und warf einen Blick auf seine Armbanduhr, dann erhob er sich, stellte sein Bierglas an der Geschirrrückgabe ab und verließ das Casino. Er wusste, dass die Person, die er in dieser Angelegenheit ansprechen wollte, in einer guten Stunde das Haus verlassen würde.

In einer Bäckerei am Unteren Markt kaufte er sich einen Pott Kaffee und ein Stück Kuchen und setzte sich in die Nähe des Schaufensters – ein Platz, von dem aus er einen guten Blick auf den Marktplatz und die vorübereilenden Menschen hatte. Fast auf die Minute genau zu dem von ihm erwarteten Zeitpunkt entdeckte er seine Zielperson, die flotten Schrittes auf die Bäckerei zukam. Gustl Rammler wusste um die Gewohnheit von Eleonore Gründlich, sich täglich am Ende einer ausgiebigen Mittagspause hier ein Tässchen Kaffee zu gönnen. Kurz vor dem Schaufenster erkannte sie ihn durch die Glasscheibe und ihr Gang wurde zögerlicher. Er winkte ihr zu und bat sie mit einer Geste einzutreten und neben ihm Platz zu nehmen. Sie überlegte einen Augenblick, dann betrat sie die Bäckerei und setzte sich, nachdem sie Gustl Rammler mit einem Nicken begrüßt hatte. Ihre ganze Mimik drückte Verwunderung aus.

„Hallo Gustl, ist das Zufall oder hast du mich hier abgepasst? Du weißt schon, dass uns hier jeder sehen kann."

„Grüß dich, Eleonore, das ist heute kein Problem, da ich gewissermaßen in offizieller Mission hier sitze. Ich kann dein Erstaunen aber gut verstehen. Zumal wir uns ja schon längere Zeit nicht mehr gesehen haben." Er zögerte kurz, dann fuhr er fort: „Ich müsste etwas mit dir besprechen. Aber darf ich dich zunächst zu einer Tasse Kaffee einladen?"

Sie sah ihn einen Augenblick prüfend an, dann nickte sie verhalten. Sie war wirklich gespannt, was dieser Mann von ihr wollte.

Gustl Rammler erhob sich und ging zur Theke, um das gewünschte Getränk zu bestellen. Dabei gingen seine Gedanken zurück.

Mit Eleonore Gründlich verband ihn eine ganz spezielle Beziehung. Vor einer ganzen Reihe von Jahren waren sich Eleonore und er am Rande eines Betriebsausflugs ... wie soll man sagen ... etwas nähergekommen. Wegen der Größe der Belegschaft wurden die Betriebsausflüge des Rathauses immer in mehreren Gruppen durchgeführt, wobei jeweils ein Reisebus ein gemeinsames Ziel anfuhr. Es war reiner Zufall gewesen, dass Gustl Rammler an diesem Tag neben der Chefsekretärin zu sitzen kam. Ausgerechnet bei diesem Betriebsausflug feierte einer der mitfahrenden Bediensteten, ein Kollege aus der Kfz-Zulassungsstelle, seinen Geburtstag. Aus diesem Anlass hatte er einen Karton Sekt mit in den Bus gebracht und schenkte nun während der Fahrt reichlich aus. Binnen kürzester Zeit stieg die Stimmung unter den Reisenden und viele im Amt als knochentrockene Bürokraten verschriene Kollegen entschlüpften ihrem steifen Kokon und erwiesen sich überraschenderweise als lockere, lustige Zeitgenossen. Nach dem dritten Glas Sekt erblühten Eleonore Gründlichs Wangen in zartem Rosa und ihre distanzierte Zurückhaltung schmolz dahin wie Schnee in der Frühlingssonne. Einige Kilometer weiter waren sie dann bereits beim vertraulichen Du, wobei sie das bei dieser Gelegenheit obligatorische Küsschen auf später verschoben, um den auch in diesem Bus anwesenden Schandmäulern keinen Stoff für die nach jedem Betriebsausflug stattfindenden Tratschereien zu bieten.

Ziel des Betriebsausflugs war eine rustikale Blockhütte auf einer weitflächigen Waldwiese inmitten eines großen Staatsforstes, auf der sich die verschiedenen Gruppen nach einer kurzen Wanderung trafen. Die Bürgermeister, die Stadträte und die Mitarbeiter des Rathauses ließen sich bunt gemischt auf den zahlreichen Bierbänken nieder. Ein vom Personalrat beauftragter Cateringservice bot Spanferkel am Spieß an und auch für die Bekämpfung des Durstes der Rathäusler war ausgiebig gesorgt.

Zu diesem Zeitpunkt war es dann schon kein Zufall mehr, dass Eleonore und Gustl einen Platz an einem gemeinsamen Biertisch suchten und fanden. Da beide im Bus schon etwas vorgeglüht hatten, schmeckte ihnen das Bier zu diesem deftigen Essen ganz ausgezeichnet. Nachdem bei Einbruch der Dämmerung inmitten der Wiese ein großer Holzstoß entzündet worden war, der sich zu einem beeindruckenden Lagerfeuer entwickelt hatte, waren sich Eleonore und Gustl ohne große Worte darin einig, sich im angrenzenden Wald ein wenig die Füße vertreten zu wollen. Übrigens eine Idee, die noch andere Pärchen teilten. Es war schon jetzt klar, dass am nächsten Tag bei einigen Mitarbeitern beiderlei Geschlechts partielle Amnesien zur Verdrängung der Geschehnisse auftreten würden. Hier konnte man praxisnah erleben, wie abteilungsübergreifend zwischenmenschlicher Gedankenaustausch gepflegt wurde.

Während rund um das Feuer, mehr oder weniger textsicher, unterfränkisches Liedgut, mehr oder weniger melodisch, intoniert wurde, fanden Eleonore und Gustl endlich Gelegenheit, das noch ausstehende Verbrüderungsküsschen auszutauschen. Da Eleonore wegen des genossenen Alkohols etwas schwindlig war, ließ sie sich zu diesem Zweck, hilfreich gestützt von Gustl, unter den tief stehenden, weit ausladenden Zweigen einer Tanne auf ein weiches Moosbett niedersinken. Gustl legte sich fürsorglich neben sie und bot ihr seine starke Schulter, an der sich ihr

Kreislauf sehr schnell stabilisierte, da ihr Blutdruck einen steilen Höhenflug erfuhr.

In dieser denkwürdigen Nacht verlor Eleonore Gründlich, seinerzeit noch Mitarbeiterin des Standesamts, ihre bis dato eiserne Jungfräulichkeit an den Kollegen Rammler aus dem Ordnungsamt. Drei Monate später wurde sie in das Chefsekretariat des Hauses versetzt. Sie trafen sich noch zwei-, dreimal nach Dienstschluss in Eleonores Wohnung, dann beendete Gustl schweren Herzens diese Affäre, weil seine Frau bereits wegen der angeblichen Überstunden misstrauisch geworden war. Bisher hatte ihr Mann derartige Mehrleistungen für seinen Arbeitgeber immer tunlichst vermieden. Gustl würde niemals vergessen, welch ein Vulkan unter der Oberfläche Eleonores, dieses vermeintlichen pflichtbewussten Verwaltungszerberus, brodelte. Eine Kraft, die von ihm geweckt, ihn fast an die Grenzen seiner physischen und emotionalen Leistungsfähigkeit gebracht hatte. Eleonore und er waren sich seitdem, bis auf unvermeidbare dienstliche Begegnungen, möglichst aus dem Weg gegangen.

Eleonore Gründlich, die nach wie vor in keiner Beziehung lebte, sah dem Mann, der ihr in gewisser Weise vor Jahren das Herz gebrochen hatte, nachdenklich zu, wie er das Tablett mit der Kaffeetasse zu ihrem Tisch jonglierte. Der Schmerz, den sie lange Zeit bei den wenigen zufälligen Begegnungen mit Rammler verspürt hatte, war einem dumpfen Reiz gewichen, wie man ihn verspüren mochte, wenn sich eine alte Narbe wieder einmal in Erinnerung brachte. Dann dachte sie ab und zu an jene Nacht und die Schmetterlinge in ihrem Bauch, die sie nie mehr so gespürt hatte. Ein leises Lächeln huschte auch heute immer noch über ihr Gesicht, wenn sie an die Tannennadeln dachte, die sie nach dem Ausflug beim nächtlichen Duschen von ihrem Körper abwusch. Sie war ihm wegen der Beendigung dieser Affäre nicht böse. Es war ihr klar, dass er wegen ihr nicht sein ganzes Lebensgefüge erschüttern würde. Nach dem Aus schlüpfte sie um eine wertvolle Erfahrung, die sie definitiv nicht missen wollte, reicher in ihr altes Leben zurück. In den darauffolgenden Jahren hatten beide im stillschweigenden gegenseitigen Einverständnis darauf geachtet, wenn irgend möglich, außerdienstliche Kontakte zu vermeiden.

„Vielen Dank für den Kaffee", sagte sie leise. Sie gab etwas Zucker hinein und rührte konzentriert um. Ohne sich ihre innere Anspannung anmerken zu lassen, musterte sie ihn mit ihren blauen Augen und wartete mit einer gewissen inneren Anspannung darauf, was er von ihr wollte.

„Nichts zu danken", gab Gustl Rammler floskelhaft zurück. Es fiel ihm einfach nichts Geistreicheres ein. Er konnte machen, was er wollte, er konnte sich auch nach so langer Zeit nicht ihrer weiblichen Ausstrahlung entziehen. Es war sicher nicht der charmanteste Vergleich, aber er äußerte ihn ja nicht laut: Diese Frau mit ihrem grauen, gut geschnittenen Kostüm, der beigen Bluse, dem gelben, Akzente setzenden Schal, den dunkelrot lackierten Fingernägeln und der pfiffigen Kurzhaarfrisur war seiner Meinung nach vergleichbar mit dem äußeren Erscheinungsbild eines zuverlässigen Mittelklasse-Pkws, unter dessen Motorhaube sich allerdings die kaum zu bändigenden Kräfte eines feurigen Ferrari verbargen. Keiner, der sie so sah, ahnte das, aber Gustl wusste es. Er musste sich jetzt einen Moment sammeln, um sich schweren Herzens aus ihrem Bann zu lösen, dann begann er zu sprechen.

6

Als am Freitagvormittag die Benachrichtigungen über ihr Ausscheiden bei den betroffenen Kandidatinnen etwa zeitgleich eintrafen, ging eine Welle der Enttäuschung und, je nach Temperament der Empfängerin, auch der Empörung durch die Bewerberinnen.

Der Oberbürgermeister und der gesamte Stadtrat hatten sich in vorausschauender Vorsicht zu einem Exerzitienwochenende im Kloster Himmelspforten angemeldet, wo die Damen und Herren Bürgervertreter auch pünktlich Freitag um die Mittagszeit eintrafen.

So entgingen sie dem Sturm einer Hundertschaft wütender Frauen aufs Rathaus, die bis zum Vorzimmer des Oberbürgermeisters vordrangen, wo die kampferprobte Eleonore Gründlich alle Hände voll zu tun hatte, die entfesselte Wut der enttäuschten Kandidatinnen irgendwie zu besänftigen. Währenddessen saßen die Verantwortlichen für diesen Volkszorn in stiller Klause und übten sich in Kontemplation.

So war es zumindest gedacht. Allerdings gerieten sich die Damen und Herren Bürgervertreter schon am ersten Abend gehörig in die Wolle, weil sie hier auf die gewohnte kulinarische Befriedung in Form von Blauen Zipfeln und des beruhigenden Geistes des vertrauten Silvaners verzichten mussten.

Der Abend war fortgeschritten und mündete bereits in die Nacht. Der Oberbürgermeister hatte sich schon vor geraumer Zeit auf sein Zimmer zurückgezogen, um sich in stiller Einkehr vertieft mit dem Motto der Exerzitien „Denke dann, entscheide irgendwann" zu beschäftigen. Die Zurückgebliebenen, ihres Leitwolfes beraubt, sprachen nunmehr vermehrt dem hausgebrauten Klosterbier zu. Gegen Mitternacht hob man dann in stiller Übereinkunft den Fraktionszwang auf und die Damen und Herren Kommunalpolitiker setzten sich an den Tischen bunt durcheinander, wobei jetzt die verschiedenen Sympathien und Antipathien deutlich zutage traten. Niemand konnte hinterher sagen, wer den Streit begonnen hatte. Da die Gesprächslautstärke mittlerweile einen Pegel erreicht hatte, der es problemlos mit einem vorbeifahrenden Güterzug hätte aufnehmen können, fielen den Anwesenden etwas verspätet zwei sich am Boden wälzende Stadträte auf, die innig umschlungen unartikulierte Laute ausstießen. Diese waren beim besten Willen nicht mehr mit dem normalen Verlust der Muttersprache aufgrund von Bierkonsum zu begründen. Es handelte sich um Schorsch Meckerlein von LiReLi und Ewald Radab von der KSP. Niemand konnte sich zunächst erklären, was die beiden Herren, die bisher in der täglichen politischen Arbeit durch zuverlässige Unauffälligkeit jede Aufmerksamkeit von sich ferngehalten hatten, trotz ihres anerkannt phlegmatischen Temperaments derart in Rage gebracht hatte. Ehe die beiden betroffenen Fraktionsvorsitzenden eine Fraktionskonferenz einberufen konnten, um die Reaktion auf dieses Ereignis mit ihrer Fraktion zu beraten, kühlte sich die Kampfeslust der beiden plötzlich wieder von selbst ab. Aufgrund mangelnder Kondition gerieten die zwei Kampfhähne binnen kürzester Zeit in massive Atemlosigkeit und ließen keuchend voneinander ab. Wie zwei auf den Rücken gefallene Maikäfer pumpten die beiden Luft in ihre strapazierten Lungen. Radab war der Erste, der wieder zur Sprache zurückfand und, während er sich mühsam auf die Beine stemmte, anklagend hervorstieß: „Dieser Mensch hat doch glatt behauptet, ich hätte meine nichteheliche Tochter unter Verstoß gegen die Richtlinien für die Bewerbung für die Miss Grafeneckart unter die Kandidatinnen geschmuggelt! Das ist eine bodenlose Unverschämtheit und Verleumdung!“ Er japste wieder nach Luft.

Meckerlein bekam einen knallroten Kopf, während er sich bemühte, sich trotz seiner Atemnot wieder ins Streitgetümmel zu stürzen. „Ich weiß aus sicherer Quelle, dass das Mädchen aus einer Liaison des Kollegen mit einer Stadträtin unserer schwedischen Partnerstadt *Ureå* hervorgegangen ist. Diese Bevorzugung kann absolut nicht toleriert werden!“ Seine letzten Worte gingen fast in einem erstickenden Hustenanfall unter.

Die beiden zuständigen Fraktionsvorsitzenden Hirschruf und Beutelschneider verständigten sich mit einem kurzen Blick, dann griff sich ein jeder seinen Mann und hievte ihn, mühsam die Schwerkraft überwindend, auf die Beine. Unterstützt von anderen noch halbwegs nüchternen Kollegen transportierten sie die beiden sich heftig sträubenden Herren auf ihre Zimmer, wo sie, ihres jeweiligen Gegners beraubt, sich ganz spontan ihres plötzlich aufbegehrenden Mageninhalts entledigten. Ihr in den Kloschüsseln widerhallendes Röhren drang bis in den Flur des Wohntraktes hinaus und brach sich an den choralverwöhnten und gebetslauschenden Wänden, die solcherlei ungewohnte Geräusche mit Entsetzen zur Kenntnis nahmen.

Die wenigen Ordensschwestern, die im Hause für kontemplative Aufgaben zuständig waren, nahmen das Leid ihrer Gäste mit Mitgefühl zur Kenntnis und versammelten sich spontan zu einem stillen Gebet, um anschließend zu besprechen, wie sie am nächsten Tag die Damen und Herren Kommunalpolitiker wieder auf den rechten Weg zurückführen könnten. Denn dass das dringend erforderlich war, stand für sie außer Frage.

Es sollte aber anders kommen, als von den frommen Frauen geplant. Am nächsten Morgen, noch vor dem Frühstück, rollte mit überhöhter Geschwindigkeit ein „reitender Bote“ in Person des persönlichen Referenten des Oberbürgermeisters, Florian Gayer, aufs Gelände. Allein aus der Tatsache, dass ein hoher Beamter der Rathausverwaltung am dienstfreien Samstag zu dieser unchristlichen Stunde dienstlich unterwegs war, ließ darauf schließen: Das Rathaus war in höchster Gefahr!

Gayer hastete an der um diese Stunde noch verwaisten Rezeption vorbei und eilte zum Zimmer seines Chefs. Der hatte ihm seine Zimmernummer für alle Fälle am Vortag per SMS zukommen lassen. Hart klopfte er an die Tür. Der Oberbürgermeister, im bunten Frotteeschlafanzug und mit wirr abstehenden Haaren, sah ihn mit erstaunten Augen an, denn mit einem Besuch seines Referenten hatte er an einem Samstag natürlich nicht gerechnet.

„Herr Schluckthardt, Sie müssen dringend kommen", schrie er mit sich überschlagender Stimme, „rund um den Grafeneckart ist die Hölle los! Am Vierröhrenbrunnen haben sich die abgelehnten Kandidatinnen der Misswahl versammelt und schreien kreischend Protest. Irgendjemand muss auch die Presse verständigt haben, jedenfalls machen sie eifrig Interviews. Die Stadt benötigt jetzt ihren Oberbürgermeister!"

Da Merlin Schluckthardt sich am Vortag nicht so tief in die „Exerzitien" versenkt hatte wie die Kollegen, war er blitzschnell in der Lage, den Ernst der Alarmmeldung seines persönlichen Referenten zu erfassen.

„Gayer, lassen Sie mir eine Minute, damit ich der Hausleitung Bescheid sagen kann, dass die Exerzitien für mich und die Fraktionsvorsitzenden beendet sind. Der restliche Stadtrat soll noch bleiben, sonst stehen sie nur im Wege

Geschlosse
Alte Säcke

rum. Während ich das erledige, stürmen Sie die Zimmer der Herrschaften und schmeißen sie gnadenlos aus den Federn! Nehmen Sie auf ihren körperlichen Zustand keine Rücksicht! Es könnte sein, dass sich der eine oder andere in einer etwas ... geschwächten Verfassung befindet."

Eine knappe halbe Stunde später donnerte eine Kavalkade aufgescheuchter Fraktionsvorsitzender durch die Mainaustraße in Richtung Rathaus. Der alarmierende Weckruf des persönlichen Referenten des Oberbürgermeisters sorgte dafür, dass die nicht unerheblichen Mengen an Restalkohol verdampften wie Schnee in der Sonne. Nachdem alle in der Markttiefgarage einen Stellplatz fanden, betraten sie das Rathaus unbemerkt durch den dort befindlichen direkten Zugang.

Kaum hatten sie das Haus betreten, hörten sie aus Richtung Vierröhrenbrunnen die schrillen Stimmen einer großen Anzahl von Frauen, die wütend Sprechchöre skandierten, deren Inhalt aber dank der dicken Mauern des Rathauses nicht zu verstehen war.

Die kleine Gruppe der Bürgervertreter stand etwas eingeschüchtert auf dem langen Flur des verlassenen Rathauses und scharte sich Hilfe suchend um den Oberbürgermeister, der seinerseits mit der augenblicklichen Situation etwas überfordert schien. Um sich einen Überblick zu verschaffen, näherten sie sich vorsichtig den Fenstern, die ihnen einen Blick auf den Brunnen ermöglichten. Immer sorgfältig in der Deckung der Fensterbrüstungen bleibend, schlichen sie sich an und spähten hinaus auf den Platz. Jetzt verstanden sie auch, was der Chor immer wieder schrie: „Stadtrat raus! Seid ein Graus!“

„Oh Gott!“, „Gütiger Himmel!“, „Verdammt und zugenäht!“, kam es mehrfach aus dem Mund schockierter Stadträte. Wobei bei der Wortwahl, wie der geneigte Leser sicher bemerkt hat, die prägenden Erfahrungen der Exerzitien bei einigen noch einen gewissen positiven Nachhall zeigten. Wie gesagt nicht bei allen.

Der Anblick, der sich ihnen bot, war aber auch durchaus geeignet, selbst robuste Gemüter, wie es Fraktionsvorsitzende üblicherweise von Amts wegen waren, zu beeindrucken. Rund um den Brunnen hatten sich Dutzende junger Frauen, alle im Alter zwischen zwanzig und dreißig Jahren, auf Klappstühlen, Luftmatratzen und Sitzkissen niedergelassen und hielten Transparente mit nicht sehr schmeichelhaften Schmähsprüchen in die Höhe.

„Hört euch diese unverschämten Weiber an!“ Melinda Burgfried war so erbost, dass ihr Political Correctness im Augenblick ziemlich am Allerwertesten vorbeiging.

„Nieder mit den Frauenfeinden!“, zitierte Rochus Hirschruf halblaut ein Transparent, dessen Text in signalroter Farbe auf ein Betttuch gesprüht war und den Herrschaften hinter den Fenstern regelrecht in die Augen stach. Im Augenblick verstand er die Welt absolut nicht mehr. Der Stadtrat hatte sich doch an seine üblichen Grundsätze gehalten und nichts Entscheidendes getan!

„Schickt die alten Säcke in die Wüste!“, konnte man auf einem Karton lesen, dessen Rückseite erkennen ließ, dass es sich um mehrere zusammengeklebte Windelpackungen für Erwachsene handelte. Die beiden jungen Frauen, die das Plakat hochhielten, waren Pflegerinnen in einer Würzburger Seniorenresidenz und hatten sich durch die Kandidatur zur Wahl der Miss Grafeneckart einen gesellschaftlichen Aufstieg in die Spitzen der Würzburger Hautevolee versprochen.

„Wen könnten die damit denn meinen?“, wunderte sich Rainer Maria Bedenken-Träger und schüttelte konsterniert über diese verbalen Entgleisungen den Kopf.

In diesem Augenblick schien eine der aufgebrachten Demonstrantinnen hinter einem der Rathausfenster eine Bewegung entdeckt zu haben. Sie neigte sich ihrer Nachbarin zu und flüsterte ihr etwas ins Ohr. Die Nachricht verbreitete sich in Windeseile unter den Frauen. Ihre Augen flogen wie fokussierte Scheinwerfer in die Höhe und suchten nach Gesichtern. Gleichzeitig holten sie von irgendwoher Trillerpfeifen und begannen ein infernalisches Pfeifkonzert, das die ganze Domstraße entlangschrillte. Die Stadträte waren vor Schreck wie paralysiert. Ehe sie sich versahen, knallten Wurfgeschosse wider die Fensterscheiben und die Brühe zerschellter Eier und Tomaten floss in breiten Bahnen am Glas und an der umgebenden Hauswand herunter. Offenbar hatten sich die Frauen bei den Bauern am Grünen Markt eingedeckt.

„Das ist ja der helle Wahnsinn!“, hauchte der völlig schockierte Oberbürgermeister, während Florian Gayer verzweifelt versuchte, mit seinem Handy das an dieser Stelle des Gebäudes existierende Funkloch zu überwinden, um die Polizei zu verständigen, was ihm nach mehreren Fehlschlägen gelang. Für ihn war klar, dass diese entfesselten Megären die Bürgervertreter niemals ungeschoren würden ziehen lassen.

Es dauerte nur wenige Minuten, bis aus der Ferne das erste Sirenengeheul eines Polizeieinsatzfahrzeugs zu hören war. Wer aber nun dachte, die Demonstrantinnen würden sich von der anrückenden Staatsmacht in irgendeiner Form beeindrucken lassen, hatte sich gewaltig getäuscht. Im Gegenteil! Die Frauen rotteten sich noch enger zusammen und verstärkten ihre Trillerbemühungen. Als aus dem Streifenwagen zwei männliche Polizeibeamte ausstiegen, stürmten die wilden Frauen, ehe die Beamten auch nur ein Wort sagen konnten, auf sie zu und kesselten sie ein. Einige entblößten überraschend ihre Brüste und näherten sich drohend. Derart massiv femininen Waffen ausgesetzt, flüchteten die beiden Polizisten geschockt zurück in ihren Wagen und drückten die Türsperre. Einer riss das Funkgerät ans Ohr und forderte dringend weibliche Verstärkung an.

Betroffen mussten die Stadträte hinter ihren Fenstern feststellen, dass die angeforderten Ordnungshüter völlig neutralisiert waren.

„Solange sich die Damen mit den Polizisten beschäftigen, könnten wir uns eigentlich wieder durch die Tiefgarage absetzen.“ Stadtrat Steinklopfer war Pragmatiker. Ihm war klar, dass sie hier und heute mit Vernunft nichts ausrichten würden. Da blieb nur der taktische Rückzug. „Die Beamten haben sicher Verstärkung angefordert und werden das Problem bestimmt schnell aus der Welt schaffen.“

Die meisten Kollegen pflichteten Steinklopfer bei. Die Vorstellung, durch das Spalier einer wütenden Menge entfesselter Frauen Spießruten laufen zu müssen, behagte ihnen ganz und gar nicht.

Oberbürgermeister Schluckthardt zögerte noch einen Augenblick, weil er die Tatsache, vor den Frauen kapitulieren zu müssen, als ausgesprochen schändlich empfand. Schließlich siegte jedoch sein gesunder Menschenverstand und er gab das Zeichen zum gemeinsamen Aufbruch. „Kollege Steinklopfer hat sicher recht. Ich schlage vor, dass wir uns morgen um zehn Uhr zu einer gemeinsamen Sitzung treffen, um diesen Vorfall heute und das weitere Vorgehen in dieser Angelegenheit zu besprechen.“

Von den Bürgervertretern kam kein Widerspruch, schließlich gab es am Sonntag auch erhöhtes Sitzungsgeld.

Was die Herrschaften nicht wussten, war die Tatsache, dass einige der Organisatorinnen des Rathaussturms sich natürlich Gedanken darüber gemacht hatten, wie die Stadträte ins Rathaus gekommen waren. Selbstverständlich kannten sie den direkten Zugang von der Tiefgarage aus.

Antje aus Grombühl rief Andrea aus der Zellerau und Kathi aus dem Frauenland zu sich. „Mädels, wir sollten zwanzig, dreißig von uns hinunter in die Tiefgarage schicken. Ich habe den stillen Verdacht, dass sich die Bande dort oben aus dem Staub macht, wenn hier die Verstärkung für die Bullen eingetroffen ist."

Andrea und Kathi pflichteten ihr bei. Sie drehten sich um und verständigten einige Demonstrantinnen, die ihnen mit Begeisterung folgten. Während in der Ferne neuerlich Sirenenklang zu hören war, stürmte eine Schar wildentschlossener Frauen in Richtung Einfahrt zur Markttiefgarage.

Antjes Vermutung ging auf. Kaum hatten sie den direkten Aufgang zum Rathaus erreicht, öffnete sich die Tür und ein ziemlich verstörtes Häuflein Stadträte hastete im Gefolge des Oberbürgermeisters in den Parkraum. Bevor sie auf die wütend schreienden Demonstrantinnen stießen, vollführte das Stadtoberhaupt eine Vollbremsung, worauf sein Gefolge, Melinda Burgfried allen voran, von hinten auf ihn auflief. Nur mit Mühe konnte er eine schwerwiegende Karambolage verhindern. Wild mit den Armen wedelnd scheuchte er die Stadträte in den Aufgang zurück. Hals über Kopf flüchteten sie zurück ins Rathaus. In letzter Sekunde gelang es Oberbürgermeister Schluckthardt, die Zugangstür zum Haus wieder zuzuschlagen. Wildes Trommeln wütender Fäuste gegen das Türblatt war das Ergebnis seiner Aktion. Eine gewisse Panik machte sich breit.

Florian Gayer hatte schon sein Mobiltelefon in der Hand und informierte mit aufgeregter Stimme die Polizeieinsatzzentrale vom Belagerungszustand der Bürgervertreter. Es dauerte einen Moment, bis sich der Beamte in der Einsatzzentrale von seinem Lachanfall so weit erholt hatte, dass er eine Gruppe weiblicher Polizeibeamter zusammentrommeln konnte, die ihre aufmüpfigen Geschlechtsgenossinnen zur Räson bringen sollten. Diesen beherzten Beamtinnen gelang es schließlich mit verbaler Überzeugungsarbeit, die Rebellinnen zur Aufgabe zu bewegen.

Nach der gelungenen Befreiungsaktion erklärte der Oberbürgermeister gegenüber der ihn bedrängenden Presse, selbstverständlich auf eine Strafanzeige gegen die Protestierenden verzichten zu wollen. Schließlich hätten die Damen nur von ihrem Grundrecht der Demonstrationsfreiheit Gebrauch gemacht.

Am nächsten Tag war der „Würzburger Kessel", wie die Ereignisse um den Frauenprotest in den einschlägigen Medien genannt wurden, Aufmacher sogar in der bekannten Zeitung mit den vier großen Buchstaben – wegen des eindeutigen Sachzusammenhangs gleich neben dem Pinupgirl des Tages.

7

Es war kurz nach elf Uhr. Jasmin Cheyenne hatte gerade ihren Schönheitsschlaf beendet und lag nun entspannt im Whirlpool ihres Badezimmers, das ein wesentlicher Bestandteil des Drei-Zimmer-Apartments war, welches ihr Papilein in seiner weitläufigen Villa großzügig zur Verfügung gestellt hatte. Jasmin Cheyennes Laune war seit einigen Minuten merklich getrübt. Ursache war ein Kommentar des Moderators des örtlichen Radiosenders, dem die junge Frau die ganze Zeit zu ihrer Entspannung gelauscht hatte. Der Mann berichtete zwischen zwei Musikstücken sehr ironisch und mit sarkastischen Seitenhieben gegen den Stadtrat über den gestrigen Aufstand der abgelehnten Kandidatinnen für die Wahl der Miss Grafeneckart.

Jasmin Cheyenne ergriff das noch halbgefüllte Champagnerglas auf dem Wannenrand und leerte es mit einem heftigen Schluck. Nur die erst vor kurzem erfolgte Botoxbehandlung verhinderte, dass auf ihrer Stirn mehrere Zornesfalten erschienen. Bestand die Gefahr, dass der Stadtrat diesem Protest und der darüber informierten Öffentlichkeit nachgab und die Modalitäten der Wahl noch einmal in Frage stellte? Sie wusste, dank Papileins Aktivitäten war sie unter den fünf Kandidatinnen für die Endauswahl. Er hatte ihr versichert, dass ihre Wahl so gut wie sicher war. Allerdings hatte niemand, davon war sie überzeugt, mit dieser extremen Reaktion der abgelehnten Frauen gerechnet.

Entschlossen stellte sie das leere Glas auf den Wannenrand zurück und erhob sich mit Schwung aus dem Wasser. So kurz vor dem Ziel würde sie sich von diesen ausgeflippten Weibern nicht um ihren Erfolg bringen lassen. Sie trocknete sich ab und drehte sich nackt vor dem großen Spiegel, der von der Decke bis zum Boden gut zwei Quadratmeter beanspruchte. Zufrieden mit ihrem Kapital, das letztlich auch in wesentlichen Bereichen des täglichen Lebens ihr Potenzial ausmachte, zog sie einen vorgewärmten, flauschigen Bademantel über und kämmte sich die feuchten Haare nach hinten. Anschließend schlüpfte sie in zwei Frotteeschlappen und verließ entschlossen das Bad. Sie wusste Papilein in seinem Arbeitszimmer. Ihr war bekannt, dass alle Wege im Haus, die zu den persönlichen Räumen des Hausherrn führten, mit Kameras überwacht wurden. Sie musste sich also nicht anmelden. Mit einem schnellen Griff lockerte sie den Gürtel ihres Bademantels, damit ihre „Argumente“ auch gut zur Geltung kamen. Sicherheitshalber würde sie an Papileins Motivation etwas „nachjustieren“.

8

Gustl Rammler schlenderte am späteren Vormittag vom Oberen Markt kommend langsam in Richtung Dom. Auf einen unbeteiligten Beobachter machte er sicher einen gelangweilten Eindruck, aber der Schein trog. Soeben hatte er in der Stadtbücherei die Schlagzeilen der neuesten Würzburger Nachrichten gelesen und war erstaunt, mit welcher Vehemenz sich die betroffenen Kandidatinnen gegen ihr Ausscheiden gewehrt hatten. Offenbar hatte der Stadtrat mit seinem zugegebenermaßen etwas unsensiblen Vorgehen eine empfindliche Seite der interessierten Frauenwelt getroffen. So wie Rammler die Situation einschätzte, konnte diese Wahl durchaus zum Stolperstein für die Stadtregierung werden. Die Macht der Straße durfte keinesfalls unterschätzt werden. Die Französische Revolution hatte auch mit Straßenprotest begonnen und wo das hingeführt hatte, wusste man ja.

Der ehemalige Rathausmitarbeiter betrat eine große Buchhandlung und fuhr mit der Rolltreppe hinauf in den ersten Stock, wo sich eine Cafeteria befand. Er bestellte sich einen Cappuccino und ließ sich nieder. Rammler wollte in Ruhe nachdenken. Gestern Nachmittag hatte ihm

Eleonore Gründlich auf dem Flur vor dem Casino diskret in einem verschlossenen Umschlag eine Liste der Kandidatinnen, die sich um die Misswahl beworben hatten, zukommen lassen. Rammler holte nun die Liste aus seiner Jackentasche und studierte sie zum wiederholten Male ausgiebig. Angezeichnet waren die fünf Bewerberinnen, die nach dem Ausscheidungsverfahren übriggeblieben waren.

„Sieh einer an", brummelte Rammler vor sich hin. Bei vier dieser Frauen hatte die Chefsekretärin eine diskrete Markierung angebracht, was bedeutete, dass sie in irgendeiner Form mit einem der aktiven Stadträte in einer Beziehung standen. Genau genommen also nicht hätten kandidieren dürfen. Mit Bleistift hatte Eleonore Gründlich daneben den Namen des Stadtrats vermerkt, den sie für verdächtig hielt, bei dieser speziellen Bewerberin manipuliert zu haben. Neben der fünften stand kein Name.

Gustl Rammler nahm einen Schluck von seinem Cappuccino, dann starrte er nachdenklich durch das Geländer hinunter in den offenen Verkaufsraum, wo sich die Kunden um die Buchauslagen drängelten. Er war so in Gedanken versunken, dass es eines Augenblicks bedurfte, bis er bewusst wahrnahm, worauf sein Blick gefallen war. Unten bei den Büchertischen, in der Nähe der Rolltreppe, standen zwei Männer beieinander, die offenbar in ein intensives Gespräch, um nicht zu sagen einen Streit, verwickelt waren. Wobei dem jüngeren Mann, wie es schien, die Rolle des Zuhörers zukam. Obwohl sie eher leise redeten, ließ ihre Körpersprache keinen anderen Schluss zu.

Das alleine hätte noch nicht ausgereicht, sein Interesse zu wecken. Ausschlaggebend war die Tatsache, dass er die beiden Männer aus seinem früheren beruflichen Leben ganz gut kannte. Beide lebten in völlig unterschiedlichen beruflichen Sphären, die eigentlich keine Berührungspunkte aufwiesen. Bei dem Mann, der das Wort führte, handelte es sich um den Rechtsbeistand Karl-Heinrich Sanson, der im Mainviertel eine Kanzlei unterhielt und sich nach Rammlers Kenntnis mit dubiosen Beratungen über Wasser hielt. Aus ihm unbekannten Gründen hatte Sanson sein Jurastudium nicht ganz abgeschlossen. Anscheinend gingen seine Geschäfte trotzdem ziemlich gut, wie sein elegantes Äußeres vermuten ließ.

Rammler hatte einmal mit ihm beruflich zu tun gehabt, weil Sanson einen Antrag auf Ausstellung eines Waffenscheins gestellt hatte. Angeblich wegen des hohen Gefährdungspotentials aufgrund seines Berufes. Der Antrag war von ihm abgelehnt worden. Sanson war ihm in keiner angenehmen Erinnerung. Obwohl er, wie Rammler wusste, ein gebürtiger Unterfranke war, sprach er gerne mit französischem Akzent, weil seine Vorfahren angeblich aus Paris stammten.

Sein Gesprächspartner war der erstmals bei der letzten Kommunalwahl in den Stadtrat gewählte Radiomoderator Ydna Lhup. Lhup war geschätzt Mittfünfziger und mode-

rierte einmal in der Woche im Würzburger Sender *„Radio GingGong“* die überaus beliebte Schmusesendung „Love Songs für Verliebte Ü50“. Dank seines reifen Alters und seiner häufigen Radiopräsenz war er bei seiner Zielgruppe sehr gut angekommen und hatte die Gruppierung der „Herbstblonden Tiger“, für die er angetreten war, auf Anhieb in den Stadtrat gebracht. Im Augenblick schien er allerdings keineswegs so entspannt und locker zu sein, wie man es von ihm gewohnt war. Eher im Gegenteil. Mit leicht gesenktem Kopf stand er vor Sanson und ertrug den Wortschwall, den sein Gesprächspartner auf ihn niederprasseln ließ. Seine Haltung wirkte dabei fast schon devot.

Als die Tirade offenbar beendet war, blickte der Rechtsbeistand sein Gegenüber auffordernd an. Schließlich nickte Lhup knapp, wandte sich ab und verließ ohne ein weiteres Wort die Buchhandlung. Trotz seiner Korpulenz bewegte sich der Mann mit erstaunlicher Elastizität durch die Bücherberge.

Bei diesem Gespräch wäre Gustl Rammler gerne ein Mäuschen gewesen. Was wollte diese zwielichtige Figur von dem Stadtrat? Besonders delikat wurde die Angelegenheit dadurch, dass Rammler den Namen des Stadtrats gerade in feinen Bleistiftlettern neben einer der fünf ausgewählten Bewerberinnen gelesen hatte.

Da er sein Getränk bereits bezahlt hatte, erhob er sich schnell und verließ ebenfalls das Geschäft. Ein Instinkt, ein nicht näher zu beschreibendes Gefühl riet ihm, Sanson zu folgen. Der eilte gezielt die Domstraße hinunter und überquerte die Alte Mainbrücke. Wie es aussah, wollte er in die Zellerau. Beim Gelände der ehemaligen *Bundesgartenschau,* die im Jahre 1990 im Bereich des Festungsbergs in Würzburg stattgefunden hatte, bog er jedoch ab. Zielstrebig steuerte er den dortigen Kinderspielplatz an und ließ sich neben einem bereits dort wartenden Mann nieder. Es waren auf dem Platz nur wenige Mütter unterwegs, die ihre Kinder an den Spielgeräten beaufsichtigten.

Gustl Rammlers Sicht auf die beiden Männer war begrenzt. Einige Büsche ragten so unglücklich in sein Blickfeld hinein, dass er das Gesicht von Sansons Gesprächspartner nicht richtig erkennen konnte. Irgendwie musste er näher rankommen, um Einzelheiten erkennen zu können. Rammler wurde das Gefühl nicht los, hier einer ganz schrägen Sache auf der Spur zu sein.

Um nicht aufzufallen, schlenderte er mit am Rücken verschränkten Händen im Schlendergang eines verrenteten Müßiggängers, der sich auf einem Spaziergang die Zeit vertrieb, durch den Eingang der Gartenanlage, immer darauf bedacht, nicht die Aufmerksamkeit der beiden Männer zu erregen. Auf Höhe der Bank blieb er mit dem Rücken zu ihr stehen und tat so, als betrachtete er den Wasserlauf eines künstlichen Baches, der bergab durch das Gelände plätscherte. Dabei gelang es ihm, einen kurzen Blick über die Schulter zu riskieren. Verflucht und zugenäht! Ihm stockte der Atem. Der Mensch, auf den Sanson ohne Punkt und Komma einredete, ähnlich erregt wie vorhin in der Buchhandlung auf Lhup, war ihm bestens bekannt. Der Mann saß, die Ellbogen auf die Oberschenkel gestützt, den Blick zu Boden gerichtet, auf der Bank und sagte kein Wort. Plötzlich sah er auf und schüttelte entschieden den Kopf. Er schien mit etwas, was Sanson zu ihm gesagt hatte, absolut nicht einverstanden zu sein. Es gab noch einmal einen heftigen und erregten Wortwechsel, von dem Rammler aber so gut wie nichts verstand, dann erhob sich Sansons Gesprächspartner abrupt und eilte mit weit ausholenden Schritten davon.

Hoffentlich sah er jetzt nicht herüber! Gustl Rammler drehte sich ohne auffällige Eile um und schlenderte, sich zwei anderen Passanten anschließend, davon. Kurze Zeit später befand er sich wieder in der Deckung der Büsche.

Sanson sah dem Davoneilenden kurz hinterher, dann zog er ein Mobiltelefon aus der Tasche und führte ein Telefonat. Danach erhob auch er sich und marschierte in Richtung Frankfurter Straße davon. Rammler überlegte einen Augenblick, dann entschloss er sich, Sanson erneut zu folgen. Irgendwie wurde er das Gefühl nicht los, hier auf einer extrem heißen Fährte zu sein.

Der Rechtsbeistand bog nach kurzer Strecke in eine der Seitenstraßen ab. Hier wurde er langsamer und hielt, wie es aussah, nach einer bestimmten Hausnummer Ausschau. Offenbar fündig geworden, studierte er das Klingelschild an einem Hauseingang, dann läutete er. Einen Moment später drang das laute Schnarren des Türöffners bis zu Rammler. Er beobachtete, wie Sanson das Haus betrat. Der Verfolger wartete noch einen Augenblick, dann begab er sich zu dem bewussten Hauseingang und sah auf die Klingelschilder. Als er den Namen „Küchler" las, stieß er einen leisen Pfiff aus, dann wandte er sich wieder ab. Für den Augenblick genügte ihm das. Mit diesen Informationen musste er sich erst einmal auseinandersetzen. Was hatte das alles zu bedeuten?

Während Gustl über die Alte Mainbrücke dem Stadtkern zueilte, machte er sich so seine Gedanken. Was hatte dieser Karl-Heinrich Sanson mit Stadträten und Rathausbediensteten zu schaffen? Warum besuchte er sie nicht in ihren Sprechstunden im Rathaus, wenn er etwas von ihnen wollte? Sein Gefühl sagte ihm, dass hier etwas lief, was absolut nicht koscher war. Er warf einen Blick auf seine Armbanduhr. Noch eine halbe Stunde, dann würde er ins Rathauscasino zum Mittagessen gehen. Vielleicht konnte er bei dieser Gelegenheit Dieter Küchler etwas auf den Zahn fühlen. Was hatte der Casinowirt mit diesem zwielichtigen Rechtsbeistand zu schaffen?

Beim Betreten des Casinos eine halbe Stunde später lief der Betrieb schon auf Hochtouren. Die meisten Tische waren besetzt. Sein Blick huschte durch den Raum auf der Suche nach Küchler. Er konnte ihn nicht ausmachen.

Offenbar hatte ihn Sanson doch länger aufgehalten. Er schnappte sich ein Tablett und holte sich an der Ausgabe das Essen seiner Wahl, dann ließ er sich auf seinem gewohnten Platz nieder, den ihm seine Rentnerkollegen immer freihielten. Den Mitessern am Tisch fiel Rammlers ungewöhnliche Einsilbigkeit auf. Sie schoben dieses Verhalten jedoch auf die Tatsache, dass erst die Hälfte der Zeit bis zur nächsten Rentenzahlung verstrichen und bei ihm, wie auch bei ihnen, am Ende des Geldes noch ziemlich viel Monat übrig war. Dafür sprach auch, dass er sich das günstigste Essen auf der Tageskarte ausgewählt hatte. Es war die Zeit der allmonatlichen Rentnerdepression. Verständnisvoll und mitfühlend, wie sie waren, ließen sie ihn in Frieden und widmeten sich ihren reichlich gefüllten Tellern.

Das Gespräch mit Sanson hatte den Mann auf der Bank innerlich massiv aufgewühlt und verunsichert. Es bedurfte all seines Mutes, das Ansinnen des Mannes, das dieser mit allem Nachdruck vorgebracht hatte, abzulehnen. Er war sich darüber im Klaren, dass er deswegen ziemlichen Ärger bekommen würde. Aber es gab einen Punkt, den man nicht überschreiten durfte, wollte man sich am nächsten Tag noch guten Gewissens beim Rasieren im Spiegel betrachten. Er verließ das Gartengelände, ohne sich noch einmal nach Sanson umzudrehen. Daher sah er auch nicht, dass der Mann ein Mobiltelefon aus der Jackentasche zog und einen Anruf tätigte. Das Gespräch war nur kurz und enthielt vonseiten Sansons einige knappe Anweisungen, die von seinem Gesprächspartner mit einem ebenso kurzen „Geht in Ordnung“ beantwortet wurden. Mit einem hinterlistigen Grinsen erhob sich der Rechtsbeistand und eilte zu seinem nächsten Termin.

In seinem derzeitigen Gemütszustand sah sich der Mann nicht in der Lage, eine für dreizehn Uhr anberaumte Fraktionssitzung seiner Partei abzuhalten. Kurz entschlossen zog er sein Handy aus der Tasche, wählte die Nummer seiner Stellvertreterin und teilte ihr mit, dass er wegen einer dringenden privaten Angelegenheit die Sitzung nicht wahrnehmen könne. Sie möge ihn bitte entschuldigen und diese Angelegenheit in die Hand nehmen. Was sie gerne zusagte.

Zuhause angekommen, machte er sich einen Kaffee, setzte sich im Wohnzimmer in einen Sessel und starrte sinnierend zum Fenster hinaus. Er befand sich in einer äußerst prekären Lage. Er wusste, mit dem Mann im Hintergrund, für den Sanson den Handlanger spielte, war absolut nicht zu spaßen. Er hatte keine Ahnung, um wen es sich handelte. Ein einflussreicher Strippenzieher, der über viel Macht verfügte. Vor Jahren hatte ihm dieser Mann, als er sich in einer schwierigen finanziellen Situation befand, die nicht publik werden sollte, diskret unter die Arme gegriffen. Obwohl er seine Schulden längst zurückgezahlt hatte, wurde er hin und wieder von Sanson im Namen seines Auftraggebers angesprochen, um für diesen im Rahmen seiner Stadtratstätigkeit eine kleine Gefälligkeit zu erledigen. Nichts Großes, nur Kleinigkeiten, mit denen er niemand schadete. Damit erkaufte er sich immer wieder das Schweigen des Unbekannten. Das heutige Ansinnen ging allerdings deutlich zu weit.

Im Augenblick hatte er keinen Plan, wie er aus dieser vertrackten Situation wieder herauskommen sollte. Er hatte keine Ahnung, wieso Sanson so etwas von ihm verlangte. Der Mann wusste nur, dass er dies auf keinen Fall machen würde. Ganz offensichtlich handelte es sich um eine krumme Tour, die, wenn sie publik wurde, sein ganzes Renommee zerstören würde.

Eine knappe Stunde später klingelte es an der Tür. Er hatte keine Ahnung, wer das sein konnte. Seine Freunde und Bekannten wussten, dass er um diese Zeit üblicherweise seinen Pflichten nachging. Er betätigte den Türöffner, gleichzeitig öffnete er die Wohnungstür, um zu sehen, wer durch das Treppenhaus heraufkam. Als er die Tür einen Spalt breit geöffnet hatte, registrierte er, dass bereits zwei kräftige, dunkel gekleidete Männer davorstanden. Ehe er reagieren konnte, stieß der eine der Dunkelmänner gegen das Türblatt, so dass der Überrumpelte mit Schwung zurück in den Flur geschleudert wurde. Blitzschnell waren die beiden Besucher in der Wohnung und schlossen die Tür zum Treppenhaus. Sein Protest wurde von der Faust des größeren der beiden Eindringlinge im

Keim erstickt, da sie mit Wucht in seiner Magengrube landete und ihm trotz seiner kräftigen Körperpolsterung den Atem raubte.

Wortlos folgte nun Schlag auf Schlag, die die Männer mit wohl überlegter Präzision auf seinem Körper platzierten. Sie waren dabei bemüht, keine wesentlichen Körperteile zu verletzen, und verschonten sein Gesicht. Das eigentlich Erschreckende dabei war, dass die beiden Eindringlinge bei ihrer Aktion kein Wort sprachen. Außer seinem schmerzhaften Stöhnen und Ächzen und dem dumpfen Geräusch, wenn die Fäuste seinen wohlbeleibten Körper trafen, verlief der Überfall völlig geräuschlos.

Die Aktion dauerte keine zehn Minuten. Als die beiden Männer innehielten, lag der Stadtrat zusammengekrümmt auf seiner Couch und schnappte nach Luft. Noch immer wortlos nickte ihm einer der beiden nicht unfreundlich zu, dann verließen sie seine Wohnung. Es dauerte einige Zeit, ehe er wieder einigermaßen durchatmen konnte. Vorsichtig machte er eine Inventur seiner Verletzungen. Sein Körper fühlte sich zwar so an, als wäre er unter eine Dampfwalze geraten, aber soweit er feststellen konnte, war noch alles intakt. Sicher hatte ihn seine kräftige Speckschicht vor Schlimmerem bewahrt.

In diesem Augenblick läutete sein Telefon. Ächzend quälte er sich an den Apparat und hob ab.

„Mein Lieber, ich hoffe, meine beiden Freunde haben Sie nicht allzu sehr in die Mangel genommen. Vielleicht motiviert Sie diese kleine Unterhaltung, meiner Bitte, die ich Ihnen heute nahegebracht habe, ohne Wenn und Aber zu entsprechen. Weitere Besuche dieser Herren wären sicher deutlich unangenehmer. Den Tag Ihres Einsatzes werde ich Ihnen rechtzeitig mitteilen! Sie hören von mir." Nach diesen Worten legte er auf.

Wütend starrte der Stadtrat das Mobilteil des Telefons an, dann warf er es mit einem Wutschrei in den nächsten Sessel. Mit schmerzverzerrtem Gesicht schleppte er sich ins Badezimmer und zog sich vorsichtig aus. Bei einem Blick in den Spiegel konnte er sich davon überzeugen, dass große Teile seines Oberkörpers mit roten Flecken übersät war. An einigen Stellen zeigten sich bereits die Merkmale von Blutergüssen. Mit zusammengebissenen Zähnen trat er unter die Dusche und drehte das kalte Wasser an. Er zwang sich, minutenlang die eiskalten Wasserstrahlen zu ertragen, bis sich seine Haut völlig gefühllos anfühlte. Schließlich drehte er das Wasser zu und tupfte sich mit einem Handtuch vorsichtig ab. Ihm war klar, dass Sansons Worte keine leeren Drohungen waren. Wenn der Anruf kam, würde er wohl nicht umhinkommen, zu tun, was man von ihm verlangte.

Während er seine schmerzverzerrte Miene im Spiegel betrachtete, hätte er sich am liebsten angespuckt, so sehr ekelte er sich vor seiner Feigheit.

9

Karl-Heinrich Sanson wurde von einem Mann im dunklen Anzug die Kopfhaube entfernt, die er während der gesamten Fahrt tragen musste, dann betrat er das geräumige Büro. Nicht zum ersten Mal wurde er auf diese geheimnisvolle Art und Weise an diesen Ort gebracht. Der Mann, der ihn zu sprechen wünschte, wusste seine Identität und seinen Aufenthaltsort zu verbergen. Sanson hatte keine Ahnung, wo er sich befand. Seinem Gefühl nach waren sie fast eine Stunde kreuz und quer unterwegs gewesen.

Wortlos wie ein kleiner Schuljunge legte er die Strecke bis zu dem ausladenden Schreibtisch zurück. Er wagte es nicht, sich in einen der davorstehenden Sessel zu setzen.

Papilein, wie der Mann von allen, die Sanson kannte, nur genannt wurde, saß mit seinem massigen Körper in seinem gewichtigen Bürostuhl, einem Ledersessel, dessen Neigungsautomatik er so weit ausgereizt hatte, dass er sich fast in einer liegenden Position befand. Seine rechte Hand lag auf der Armlehne des Sessels und spielte lässig mit einem beidseitig geschliffenen Dolch, der ihm offenbar als Brieföffner diente. Die Linke ruhte auf seinem Bauch. Wie immer bei derartigen Treffen mit ihm trug er eine Maske aus Latex. Seine kleinen Augen, die hinter den Sehschlitzen zu erkennen waren, fixierten den Rechtsbeistand ohne Unterbrechung, als wollten sie ihn durchbohren.

Er sprach extrem leise, so dass Sanson Mühe hatte, ihn zu verstehen.

„Kannst du mir erklären, wieso diese Hanseln im Rathaus nicht das tun, um was ich sie gebeten habe? Kann es sein, dass du meine Botschaft nicht ausreichend verständlich übermittelt hast?“ Er stellte seine Fragen so beiläufig, als würde er sich lediglich nach dem Wetter erkundigen. Seine Stimme klang dabei keineswegs scharf, eher sanft und verständnisvoll.

Sanson kroch immer mehr in sich zusammen. Er ließ sich in keiner Weise von der vermeintlichen Gelassenheit seines Auftraggebers täuschen. Er wusste, dass der Mann hinter dem Schreibtisch mit der gleichen Sanftheit schon ganze Existenzen zerstört hatte.

Als keine weiteren Fragen kamen, bemühte sich Sanson emsig um eine Erklärung, die den Mann hinter dem Schreibtisch hoffentlich zufriedenstellen würde.

„Ich habe in dieser Angelegenheit mit allen gesprochen, die uns, ich meine natürlich Ihnen, verpflichtet sind. Dabei habe ich Ihre Bitte mit reichlich Argumenten übermittelt.“ Dabei rieb er Daumen und Zeigefinger aneinander. „In einem Fall war leider etwas körperliche Motivation notwendig. Alle Betroffenen versicherten mir, die Realisierung ihres Wunsches nachdrücklich zu betreiben. Leider konnte ich nicht verhindern, dass man nunmehr die Wahl der Miss Grafeneckart von dem kleinen Wahlgremium zur endgültigen Entscheidung an den Gesamtstadtrat überwiesen hat. Bedauerlicherweise sind aber die meisten der fünfzig Stadträte Ihnen nicht verpflichtet. Das bedeutet, bei einer Abstimmung sind unsere Interessenvertreter in der Minderzahl, so dass das Wunschergebnis der Wahl nicht mit Sicherheit erreicht werden kann."

Sanson verstummte und wartete wie das Kaninchen vor der Schlange auf den Wutausbruch, der nun unweigerlich kommen musste.

Entgegen seiner Befürchtung blieb der Mann hinter dem Schreibtisch stumm. Wortlos richtete er die Rückenlehne auf und drehte sich mit seinem Sessel um neunzig Grad. Geraume Zeit blickte er durch das große Panoramafenster hinaus auf den parkähnlichen Garten, wo ein Gärtner dabei war, dem Rasen den ersten Frühlingsschnitt zu verschaffen. Sanson blieb wortlos stehen. Als er schon glaubte, sein Auftraggeber hätte ihn vergessen, drehte sich dieser wieder zu ihm um und erklärte mit Flüsterstimme: „Sanson, du erhältst von mir eine letzte Chance, diese Angelegenheit in meinem Sinne zu beeinflussen. Lass dir etwas einfallen. Aber auf keinen Fall noch einmal körperliche Gewalt! Es gibt sicher subtilere Methoden, die genauso wirksam sind." Er machte eine Geste in Richtung Tür. „Jetzt hau schon ab, in zwei Tagen wünsche ich eine Erfolgsmeldung. Eins lass dir aber gesagt sein, ein nochmaliges Versagen werde ich nicht akzeptieren. Ich hoffe, du hast verstanden." Er öffnete den Laptop, der auf seinem Schreibtisch stand, und loggte sich ein. Sanson war für ihn nicht mehr vorhanden. Dieser verließ fast fluchtartig das Büro. Sein Hemd unter dem Anzugjackett war völlig durchgeschwitzt. Er wusste, dieser Mann meinte jedes seiner Worte todernst.

Einen Moment später saß er wieder mit Haube über dem Kopf im Wagen auf dem Weg zurück in die Stadt.

10

Den ganzen Tag war über der Stadt aus bleiernen Wolken ein Regenguss nach dem anderen niedergegangen und hatte die Geduld der durch die Bank widerstandsfähigen Mainfranken ziemlich auf die Probe gestellt. Der Wind fegte in heftigen Böen durch die Straßen und zerrte wütend an den Fahnen, die am Abend wegen eines offiziellen Anlasses vor dem Rathaus gehisst worden waren. Bedauerlicherweise setzte sich dieses Wetter am späten Abend fort und erstreckte sich bis in die Nacht.

Deshalb war kurz nach zwei Uhr in der Nacht niemand auf der Straße, der den Smart hätte beobachten können, der in die Markttiefgarage einfuhr. Die Bewegungsmelder aktivierten die Beleuchtung an jenen Stellen der Garage, die von dem Fahrzeug befahren wurden. Der dunkel gekleidete Fahrer parkte den Wagen, dann stiegen er und sein gleichermaßen gekleideter Beifahrer aus. Einen Moment blieben beide ruhig stehen und beobachteten den für sie einsehbaren Teil der Tiefgarage. Nachdem sie sich davon überzeugt hatten, dass sie alleine waren, warf sich der Fahrer einen kleinen Wanderrucksack auf den Rücken und beide schlossen fast gleichzeitig die Wagentüren. Das dumpfe Geräusch der Türen hallte laut durch das Gewölbe. Der Beifahrer gab ein ärgerliches Warngeräusch von sich.

Beide trugen Basecaps, die sie sich nun tiefer ins Gesicht zogen. Auf ein Zeichen des einen wandten sie sich nun eilig dem direkten Zugang zum Rathaus zu. Ohne Probleme öffnete der Mann mit dem Rucksack mit einem Schlüssel die entsprechende Eingangstür, die in der Nacht natürlich verschlossen war. Zweifellos kannte sich dieser Mann im Gebäude ausgezeichnet aus. Im Schein einer dunkelrot leuchtenden Taschenlampe wandten sie sich ohne Zögern dem Treppenaufgang zum Rathauscasino zu. Auch hier verhalfen Schlüssel zu ungehindertem Zutritt. Kurze Zeit darauf standen sie in der modernen Großküche. Der rote Lichtstrahl spiegelte sich mehrfach auf den blitzblank glänzenden Edelstahloberflächen der Einrichtung und verwandelte dadurch den ganzen Raum in ein Rotlichtmilieu.

„Wo?“, fragte der eine. Dies war das erste Wort, das seit der Einfahrt in die Tiefgarage gesprochen wurde.

Der Angesprochene zögerte einen Augenblick, dann entgegnete er: „Dort hinten.“ Dabei wies er in den hinteren Teil der Küche, der im Augenblick fast völlig im Dunkeln lag.

Sein Begleiter richtete den Strahl der Taschenlampe in die gewiesene Richtung. Nun war eine große Tür zu erkennen, deren Türgriff aus einem großen Hebel bestand, wie er üblicherweise bei Kühlräumen verwendet wurde.

Ohne zu zögern bewegte sich der Fragesteller in die angegebene Richtung. Mit einer schwungvollen Bewegung öffnete die schwere Tür. Mit einem schmatzenden Geräusch gab sie nach. Eine Woge eiskalter Luft schlug den beiden entgegen, gleichzeitig ging im Raum automatisch die Neonbeleuchtung an, die bis in den Küchenraum strahlte. Geblendet kniffen die beiden die Augen zu.

„Du Idiot hättest mir doch daran denken können, dass das Licht automatisch angeht! Los, mach es wieder aus, damit man es von draußen nicht sehen kann!" Er gab seinem Begleiter mit dem Ellbogen einen harten Knuff in die Rippen, worauf dieser ein mehr ärgerliches als schmerzhaftes Stöhnen von sich gab. Schnell löschte er die Deckenbeleuchtung. Vom französischen Akzent war im Augenblick nichts zu merken.

Die Inneneinrichtung des Kühlraums bestand aus Edelstahlregalen, auf denen zahlreiche Lebensmittelpackungen, gefüllte Plastikbehälter und Kochtöpfe unterschiedlichen Ausmaßes mit unbekanntem Inhalt lagerten. An der Decke hingen an Haken mehrere große Fleischstücke verschiedener Qualität und Größe.

Der Mann ohne Lampe blieb unvermutet stehen. Der andere leuchtete ihm mitten ins Gesicht. „Was ist los?"

„Sie haben mir gesagt, es wird niemand zu Schaden kommen. Ich hoffe, das stimmt auch."

„Mann, du gehst mir echt auf den Zeiger! Es geht hier nur darum, jemandem eine deutliche Botschaft zu übermitteln. Mehr nicht! Jetzt mach schon voran, ich möchte hier nicht übernachten!“

Der angesprochene Kumpan schob seine Bedenken zur Seite und wies mit der Hand auf ein bestimmtes Regal. Der Mann mit der Lampe manipulierte an einem Gefäß herum, dann gab er dem anderen einen Wink, den Kühlraum wieder zu verlassen. Er hinterließ dabei keine verwertbaren Spuren, da er Handschuhe trug. Ohne Zögern verließen die beiden Männer das Casino. Eine Minute später lag der Raum wieder im Dunkeln. Fünf Minuten später rollte der kleine PKW wieder hinaus in die stürmische Nacht.

11

Der darauffolgende Tag sollte für einen Teil der Stadträte, speziell die Fraktionsvorsitzenden, recht arbeitsam werden. Die nächste Sitzung des Wahlkomitees, wie sich mittlerweile die Gruppierung aus Oberbürgermeister und Fraktionsvorsitzenden bezeichnete, wenn sie in Sachen Misswahl zusammenkamen, verlief wieder einmal ausgesprochen turbulent. Alle, die sich am späten Nachmittag an ihrem Stammplatz im Casino zusammengefunden hatten, wirkten recht angespannt, um nicht zu sagen grantig.

„Liebe Kollegin, geschätzte Kollegen, die aufruhrähnlichen Begleitumstände dieser Wahl in unserer friedliebenden Stadt haben in meiner Fraktion ziemlichen Unmut ausgelöst.“ Rochus Hirschruf, Fraktionsvorsitzender der Links-rechts Liberalen, wirkte heute ziemlich angespannt. „Ich war, wie einige andere Kollegen in dieser Runde es heute noch sind, zwar der Meinung, das kleine Wahlgremium sollte auch die eigentliche Siegerin küren, mittlerweile habe ich mich aber von meinen Kollegen in der Fraktion überzeugen lassen, dass der gesamte Stadtrat die Endauswahl treffen sollte.“

„Es ist erstaunlich, wie schnell Sie Ihre Meinung ins

Gegenteil verkehren, Kollege Hirschruf“, stellte Lhup von den „Herbstblonden“ fest. „Da kann doch nichts dabei herauskommen, wenn vierzig Stadträte würfeln!“

Oberbürgermeister Schluckthardt wiegte zweifelnd den Kopf. „Da kann ich Kollegen Lhup nicht widersprechen. Wenn sich das gesamte Plenum auf eine der verbliebenen fünf Kandidatinnen einigen soll, kommen wir, wie die Erfahrung aus anderen Abstimmungen zeigt, auf keinen grünen Zweig. Wir müssen in dieser Angelegenheit endlich Nägel mit Köpfen machen! Durch die vergangenen Unruhen wurde die Sache massiv in den Fokus der Bürger gerückt. Die Presse tut ihr Übriges, um Druck auf uns auszuüben.“

„Meine Fraktionsmitglieder werden auch langsam aufmüpfig“, erklärte Steinklopfer. „Man hat mich sogar schon gefragt, ob wir wohl eine Besetzungscouch aufgestellt hätten, weil alles so lang dauere. So viel Geheimniskrämerei um die Wahl lässt die wildesten Gerüchte ins Kraut schießen. Ich schlage vor, wir machen nicht mehr lange rum und schicken die fünf verbliebenen Kandidatinnen über einen Catwalk im Plenarsaal. Dann können die Kollegen mal sehen, welch schwere Verantwortung die ganze Zeit auf uns lastete.“

„Was ist denn das wieder für eine femininophobe Aussage?“ Melinda Burgfried schüttelte erbost den Kopf, wodurch ihre stramme Hochfrisur merklich ins statische Ungleichgewicht geriet. „Erstens ist unser ehrwürdiger

Plenarsaal kein Catwalk und zweitens ist das doch wieder nur ein Vorwand dieses männlich dominierten Stadtrats, dessen johannistriebigen Mitglieder sich an den jungen Frauen ergötzen wollen. Um dies einmal vorsichtig zu umschreiben." Ihr Gesicht hatte vor Erregung eine knallrote Farbe angenommen.

„Na, na, geschätzte Kollegin Burgfried, jetzt sollten Sie aber wirklich die Kirche im Dorf lassen!" Rainer Maria Bedenken-Träger, der seiner Vorrednerin gegenübersaß, funkelte sie erbost an. „Sie tun ja gerade so, als wollten wir hier eine Fleischbeschau durchführen! Bei allem politischen Dissens, der zwischen unseren Parteien herrscht, sollten wir auf der Arbeitsebene Sachlichkeit obwalten lassen. In irgendeiner Form müssen wir ja wohl die geeignetste Kandidatin aus den Bewerberinnen auswählen. Da wären eine Befragung der Damen im Plenum und eine anschließende geheime Wahl sicher die fairste Alternative."

Dies war eine der längsten Reden, die Bedenken-Träger in der letzten Zeit gehalten hatte. Als er in die Runde blickte, musste er feststellen, dass ihm allenthalben wohlwollend zugenickt wurde. Mit Ausnahme von Kollegin Burgfried, deren Blitze schleudernde Augen tödliches Potential hatten. Zufrieden verschränkte er die Arme vor der Brust und lehnte sich entspannt zurück, wobei ein spöttisches Lächeln seine Lippen kräuselte. Sein Sitzungsgeld für heute hatte er sich redlich verdient und seiner alten politischen Widersacherin dabei noch eine rhetorische Niederlage beschert. Manchmal machte das politische Geschäft richtig Spaß!

Xaver Beutelschneider wurde die Sache langsam zu bunt. Dieses ständige Hin und Her ließ vermuten, dass es wieder ewig dauern würde, bis man sich einigte. Das verhieß weitere Sitzungen mit zusätzlichen Ausgaben für Speis und Trank. Die von ihm angestrebte schwarze Null des städtischen Haushalts rückte dadurch wieder in weite Ferne. Deshalb kamen seine nächsten Worte auch ungewohnt scharf herüber.

„Meine Herrschaften, wir sollten uns endlich zusammenreißen und zu einer praktikablen Lösung kommen. Ich schlage ebenfalls vor, die Wahl der Miss Grafeneckart in einer öffentlichen Sitzung des Stadtrats durchzuführen. Wegen der Transparenz sollten wir auch die Presse dazu einladen. Damit verhindern wir von vornherein, dass Gerüchte über Mauscheleien etc. aufkommen. Das erscheint mir in diesem Zusammenhang besonders wichtig. Das Ergebnis unserer Wahl und die Inthronisierung der Gewinnerin lassen wir dann von unserer Altweinkönigin Nikki Feen während des demnächst anstehenden Festivals ‚Umsonst & draußen' vornehmen."

Die Antwort war ein unvorstellbarer Stimmenwirrwarr. Jeder schrie seine Meinung kreuz und quer in die Runde, wobei natürlich keiner den anderen verstand. Der Oberbürgermeister setzte dem Ganzen ein Ende, indem er mit einem Kugelschreiber, übrigens ein Geschenk der Bürgermeisterin von *Müßigwana* in Tansania (einer der Partnerstädte von Würzburg), die Tischplatte so malträtierte, dass das gute Stück mit einem protestierenden Knacksen in zwei Hälften zerbrach.

„Liebe Kolleginnen, liebe Kollegen, ich muss unserem Kämmerer absolut zustimmen. Nur durch absolute Offenheit können wir verhindern, dass sich ein solcher Aufruhr noch einmal wiederholt. Wir müssen darauf achten, dass unser guter Ruf, ein äußerst kompetenter, entscheidungsfreudiger und flexibler Stadtrat zu sein, nicht beschädigt wird. Ich bitte also nun, über den Vorschlag des Kollegen Beutelschneider abzustimmen." Er blickte mit strenger Miene in die Runde, so als wolle er von vornherein jegliche Aufsässigkeit unterbinden. Da hatte er die Rechnung allerdings ohne den Wirt, sprich ohne die Fraktionsvorsitzenden, gemacht.

„Also ich weiß nicht, ob es sinnvoll ist, derart schwierige und weitreichende Entscheidungen ungefiltert vom gesamten Gremium des Stadtrats treffen zu lassen. Es war schon immer sinnvoll gewesen, derart schwerwiegende Dinge vorher in einem Ausschuss vorbereiten zu lassen, der dann dem Stadtrat seine Überlegungen unterbreitet. Wir, die wir hier sitzen, sind ja im Endeffekt nichts anderes. Die Kollegen brauchen doch eine Entscheidungshilfe, die sie abnicken können!" Stadträtin Burgfried musterte Beifall heischend ihre Kollegen.

Sepp Steinklopfer beugte sich zu dem neben ihm sitzenden Rochus Hirschruf hinüber und flüsterte leise: „Wenn ich mir das alles so anhöre, frage ich mich ernsthaft, ob die Idee mit der Besetzungscouch nicht die bessere und effizientere Lösung gewesen wäre."

Hirschruf blickte ihn mit hochgezogenen Augenbrauen an und erwiderte leise: „Aber Kollege Steinklopfer, das ist jetzt nicht wirklich Ihr Ernst!" Dann sah er das verschmitzte Grinsen seines Nachbarn und schüttelte nur den Kopf.

Stadtrat Ydna Lhup schüttelte nachdrücklich den Kopf. „Ich habe diese Frage kürzlich in einer meiner Sendungen angesprochen und Hörer zu Wort kommen lassen. Die meisten waren der Ansicht, dass man die Wahl in einem kleinen Kreis durchführen sollte, weil die Angelegenheit sonst zu einer regelrechten Fleischbeschau ausarten würde, die man den Frauen nicht zumuten sollte. Meine Fraktion ist übrigens weitgehend derselben Auffassung!"

Oberbürgermeister Schluckthardt war jetzt so ziemlich am Ende seiner Geduld angekommen. „Geschätzte Kolleginnen, liebe Kollegen, ich schlage vor, wir stimmen jetzt über den Vorschlag des Kollegen Beutelschneider ab. Je nachdem wie das Ergebnis ausfällt, können wir dann fortfahren." Er blickte prüfend in die Runde, dann fuhr er fort: „Wer ist dafür, dass wir die Endausscheidung der Wahl zur Miss Grafeneckart vom Gesamtstadtrat durchführen lassen?"

Fünf Hände gingen in die Höhe.

„Gegenstimmen?"

Fünf Hände gingen in die Höhe.

Der Oberbürgermeister ließ ein leises Stöhnen hören. Jetzt lag es an ihm, mit seiner Stimme das Zünglein an der Waage zu spielen.

„Stimmenthaltungen?" Langsam hob er seine Hand. „Nachdem sich bei der Abstimmung eine Pattsituation ergeben hat, ist der Antrag des Kollegen Beutelschneider vorerst abgelehnt. – Leider!", fügte er hinzu.

In diesem Augenblick ertönte hinter dem Tresen Geklapper und das Gesicht des Casinochefs tauchte hinter der Essensausgabe auf.

„Wie sieht es aus, kann ich jetzt die Blauen Zipfel servieren? Wenn sie noch länger im Sud liegen müssen, verlieren sie massiv an Geschmack."

Der Oberbürgermeister war für diese Unterbrechung sichtlich dankbar. Vielleicht konnte er eine Einigung erzielen, wenn alle gesättigt waren. Er winkte Küchler auffordernd zu, der daraufhin mit den bekannten Terrinen angerollt kam, aus denen es deutlich sichtbar dampfte. Der Veganer und der Essigallergiker bekamen selbstverständlich wie gewohnt ihre Extraterrinen.

Es war immer wieder erstaunlich, mit welcher Geschwindigkeit diese hoch qualifizierten Entscheidungsträger von tiefschürfender, zeitraubender Diskussion zu effizienter Energiegewinnung durch Nahrungsaufnahme umschalten konnten. Dies war sicher eine der Stärken und die Wurzel des Erfolgs dieses Gremiums. Fraktionsunabhängig wurden Teller, Servietten und Bestecke verteilt, Brotkörbe auf die Tische gestellt und Weingläser zugeordnet. Wenig später füllten sich die Teller und der Schmaus begann. Schweigend konzentrierten sich die Bürgervertreter auf ihre Aufgabe, während der Casinowirt mit Bocksbeuteln rund um den Tisch lief und die Weingläser füllte. Seine Miene war heute ungewohnt ernst, als er ihnen guten Appetit wünschte. Kein freundliches Lächeln, kein flotter Spruch kam ihm von den Lippen. Einige der Stadträte wunderten sich zwar, waren aber mit dem Arbeitsessen so beschäftigt, dass sie an diesen Umstand keine weiteren Gedanken verschwendeten.

Nur zwei der im Raum anwesenden Personen registrierten mit unterschiedlichem Interesse, dass Stadtrat Hirschruf sich schon nach wenigen Bissen erhob und hastig nach draußen verschwand.

Die Terrinen leerten sich mit der gewohnten Geschwindigkeit. Die Bocksbeutel standen dem nicht nach. Nach nicht ganz einer Dreiviertelstunde kam aus der Runde wohliges Stöhnen. Letzte Reste des genossenen Mahls wurden mit kräftigen Schlucken Frankenwein aus bestehenden Zahnzwischenräumen beziehungsweise vereinzelt vorhandenen kariösen Kavernen herausgespült und nahmen denselben Weg wie die vorausgegangene Mahlzeit.

Stadtrat Lhup entschuldigte sich, da er an diesem Abend seine Sendung hatte.

Es war kurz vor Mitternacht, als sich zwischen den einzigen noch halbwegs nüchternen Mitgliedern des Wahlkomitees, Oberbürgermeister Schluckthardt und Stadträtin Burgfried, eine Einigung abzeichnete.

Der Oberbürgermeister fixierte die ihm gegenübersitzende Stadträtin eine Weile, dann erklärte er mit etwas gehandicaptem Zungenschlag: „Also, liebste Melinda, ich schlage vor, wir zwei Hübschen fassen jetzt, nachdem das Wahlkomitee größtenteils geistig nicht mehr anwesend ist, einen einstimmigen Beschluss. Was halten Sie davon?“

„Merlin, Merlin, Sie sind mir aber auch ein Schwerenöter!“ Sie hob die mit schweren Ringen geschmückte Hand und drohte ihm spielerisch mit dem Zeigefinger, den sie wegen eines mit Brillanten besetzten Hochkaräters kaum abknicken konnte. „Nutzen Sie nicht die schwachen Stunden einer Frau aus!“

„Meine Beste, davon kann wirklich nicht die Rede sein! Aber sehen Sie es nicht genauso? Wir müssen endlich diese Kuh vom Eis bringen! Wenn ich ganz ehrlich bin, muss ich sagen, langsam kann ich keine Blauen Zipfel mehr sehen!“

„Geht mir ähnlich“, gab sie zurück und stieß hinter vorgehaltener Hand dezent auf. „Gut, dann beschließen wir also, dass zukünftig der gesamte Stadtrat über die Wahl der Miss Grafeneckart beschließen muss. – Wer ist dafür?“

Beide hoben die Hand.

„Das muss jetzt aber auch noch ins Protokoll, sonst

kann sich morgen keiner dieser ehrwürdigen Bürgervertreter mehr daran erinnern." Sie kicherte ein wenig kindisch, dann griff sie nach links und zog den Laptop von Xaver Beutelschneider heran. Üblicherweise führte der Kämmerer bei diesen Klausursitzungen das Protokoll. Der Kopf des Guten ruhte zurzeit auf seinem rechten Unterarm. Er befand sich vollständig in innerer Einkehr und bekam praktisch nichts mehr mit. Burgfried klappte den Deckel in die Höhe und warf einen prüfenden Blick auf den Bildschirm. „Der hat ja noch gar nichts geschrieben", stellte sie verwundert fest. Tatsächlich prangte auf dem Bildschirm lediglich das Leerformular für Ausschusssitzungen, auf dem nur die Namen der Anwesenden aufgezeichnet waren.

„Das ist ja auch nicht weiter verwunderlich, weil er nur ein Ergebnisprotokoll führt. Da es bis jetzt aber kein Ergebnis gegeben hat ..." Der Oberbürgermeister zuckte mit den Schultern.

„Na, dann wollen wir das mal schnell ändern." Mit erstaunlicher Schreibfertigkeit formulierte Melinda Burgfried einen entsprechenden Beschlusstext und setzte nach kurzem Zögern noch den Zusatz „einstimmig" dazu. Für diese Protokolle interessierte sich sowieso keiner. Sie speicherte ab, schloss den Laptop und schob ihn wieder zum Kämmerer hinüber.

Oberbürgermeister Schluckthardt schaute in die Runde, dann klatschte er mit der Handfläche laut auf den

Tisch, was bei den meisten der Stadträte schlagartig eine wiederbelebende Wirkung hatte.

„Sitzung beendet!", verkündete das Stadtoberhaupt und erhob sich erstaunlich locker. Auch in den Rest der Anwesenden kam Leben und sie kämpften sich etwas schwerfällig auf die Beine. Erstaunlich gradlinig wandten sie sich in Richtung Ausgang und verließen die Walstatt. Einige der Taxiunternehmer, die aus gutem Grund ihren Stammplatz direkt vor dem Grafeneckart hatten, würden heute wieder ein gutes Geschäft machen. Ihre Fahrzeuge, die in erster Linie auf der Trinkmeile der Stadt und vor dem Rathaus eingesetzt wurden, verfügten über eine Sonderausstattung, die sich durchaus bewährt hatte. Sämtliche Sitze und der Fußraum der Fahrzeuge waren mit abwaschbarem Kunststoffüberzügen versehen.

Der Kämmerer hingegen steuerte ziemlich ermattet sein Büro an. Er musste erst noch seinen Laptop einschließen. Wahrscheinlich würde er sich dann erst mal ein Viertelstündchen oder so auf seine Amtscouch legen. Vielleicht blieb er auch die ganze Nacht. In seinem Job wurde Aufopferungsbereitschaft erwartet. Daher hing in seinem Schrank auch ein Hemd zum Wechseln. Zuhause wartete ja niemand auf ihn.

Das Stadtoberhaupt wandte sich unterdessen galant an Stadträtin Burgfried: „Liebe Melinda, darf ich Sie zuhause absetzen? Mein Fahrer wartet vor dem Haus."

Sie fühlte sich geschmeichelt. „Das wäre ein ganz feiner

Zug von Ihnen, bester Merlin. Diese langen Sitzungen zehren doch massiv an den Kräften. Wenn Sie möchten, können Sie gerne bei mir auch noch einen Kaffee einnehmen."

Gemeinsam verließen sie als Letzte das Casino.

12

Der Schmerz war innerhalb weniger Minuten so unerträglich geworden, dass er die anderen verlassen musste. Niemand nahm davon Notiz. Vor kurzem hatte es mit einem kaum merklichen, leicht zu ignorierenden Ziehen im Unterbauch begonnen. Innerhalb von Minuten rollten die Krämpfe in immer kürzeren Abständen und immer stärkeren Wellen durch seinen Körper. Er hatte das Gefühl, jede seiner Darmschlingen hätte sich zu einem wilden Tango entschlossen. Kalter Schweiß trat ihm auf die Stirn und Schwindel destabilisierte nachdrücklich seinen aufrechten Gang. Er hatte noch nie glühende Messer in den Bauch gerammt bekommen, war sich aber sicher, die Stiche, die ihn augenblicklich fast in der Mitte entzweischnitten, hatten die gleiche Qualität. Sein sowieso schon voluminöser Leib schwoll von Minute zu Minute stärker an und gab ihm das Gefühl, jeden Moment zu platzen.

In letzter Sekunde erreichte er die schmale, in freundlichem Lichttürkis gehaltene Kabine mit den unten und oben durchbrochenen Wänden. Das ovale Rund des weißen Porzellans schien ihm wie ein Geschenk des Himmels, beheimatete es doch in einem Bassin eine nie versiegen-

de Quelle, die nur dafür geschaffen war, seiner Erleichterung schnelle Fahrt in den fäkalen Orkus zu verschaffen. Die Thermik dieses Raumes sorgte dafür, dass das Kleinklima des Ortes durch die Aktivitäten seiner Besucher nur temporär beeinflusst wurde.

Mit verzerrtem Gesicht löste er den Gürtel, der die Spannung des überbordenden Bauches nur dank der Qualität des afrikanischen Büffelleders bändigen konnte. Mit schnellen, hastigen Bewegungen zerrte er die restlichen Bekleidungshindernisse, die sich noch der erlösenden Erleichterung in den Weg stellten, hinunter auf die Knöchel. Zeitgleich überließ er sich dem rückwärtigen freien Fall, der sein abruptes Ende auf dem anatomisch geformten Sitz jenes Thrones fand, der schon in vergangenen Jahrhunderten Kaisern und Königen in vergleichbaren Notsituationen Hilfe und Erlösung verschaffte.

Keine Sekunde zu früh!

Es ist eine Binsenweisheit: Gut trainierte Muskeln halten eine stärkere Belastung aus als schlaffe Exemplare, die sich dem Körper gerne durch Arbeitsverweigerung zur Unzeit in Erinnerung bringen. Nun mag dies zum Beispiel bei den Armmuskeln beim notwendigen Transport von ungewohnt schweren Gegenständen, wie Bierkästen oder dergleichen, nicht so dramatisch sein, da man als Mann dank eines in den hormongesteuerten Jahren gegebenen Eheversprechens für die vielen Jahrzehnte der altersbedingten körperlichen Schwäche vorgesorgt hat.

Selbstverständlich wird man bei derart höchstpersönlichen Geschäften, wie es das Gegenwärtige war, nur in Ausnahmefällen Hilfe in Anspruch nehmen, sofern solche in derartigen Etablissements überhaupt zur Verfügung steht. Die Lebenserfahrung hat ja gezeigt, dass dieser in ständiger Lichtlosigkeit arbeitende Teil des menschlichen Körpers durch lebenslanges Training bisher auch den härtesten Muskelbelastungen problemlos standhält. Allerdings nicht dann, wenn ihm, wie hier, die Eindämmung eines regelrechten Vulkanausbruchs zugemutet wird, der sich nicht nur physikalisch, sondern gewissermaßen auch musikalisch ankündigt.

Nur mit den zerstörerischen Klängen der Fanfaren von Jericho vergleichbare Trompetenstöße starteten dal niente und setzten sich subito crescendo bis zu einem ohrenbetäubenden fortissimo fort, um sich erst nach sekundenlangen, quälenden, kakophonischen Tonfolgen auf gleichem Niveau zu einem piano zu reduzieren, um sich anschließend abrupt wieder fortissimo in ungeahnte Höhen aufzuschwingen. Die schwachen Hilferufe des Mannes verhallten ungehört an den Kachelwänden.

Dank der hervorragenden handwerklichen Arbeit einer deutschen Porzellanmanufaktur hielt der Locus terribilis der minutenlangen außergewöhnlichen Druckbelastung stand, was man allerdings von dem bedauernswerten Benutzer selbst nicht sagen konnte. Nach minutenlangen, zutiefst erschöpfenden Eruptionen des Verdauungsapparates brach der Herr Stadtrat nach einem finalen Flatus, von Implosionen total verausgabt, tot zusammen.

Die ausgezeichnete Thermik des räumlichen Kleinklimas, erzeugt von einem summenden Gebläse, beseitigte eifrig innerhalb von Minuten die reichlich vorhandenen olfaktorischen Spuren.

Küchler sah dem Oberbürgermeister und Burgfried angespannt hinterher. Kaum waren ihre Stimmen auf dem Flur verhallt, ließ der Wirt alles liegen und stehen und hastete hinaus zu den Toiletten. Er hatte Hirschrufs Verschwinden sehr wohl bemerkt und auch, dass er nicht zurückgekommen war. Der Anblick, der ihn da erwartete, schockierte ihn maßlos. Stadtrat Hirschruf saß mit runtergelassenen Hosen auf dem WC und gab keinerlei Lebenszeichen mehr von sich. Einen Moment stand Küchler wie gelähmt vor dem Toten und wusste nicht, was er tun sollte. Das hatte er bei Gott nicht gewollt! Schließlich trat er zaghaft einen Schritt näher und tastete nach dem Puls an der Halsschlagader. Kein Herzschlag! Verzweifelt jagten ihm die Gedanken durch den Kopf. Schließlich verließ er den Raum mit dem Männchen auf der Tür und griff mit zitternden Händen zu seinem Mobiltelefon. Sanson meldete sich schon nach dem zweiten Läuten. Er wusste, von wem der Anruf kam.

„Verdammt noch mal, Sie sollten diese Nummer doch nur im äußersten Notfall anrufen!“, fauchte er wütend, ehe Küchler ein Wort sagen konnte. „Was ist los?“

Stotternd berichtete ihm Küchler von dem Tod des Stadtrats. Für einen Augenblick herrschte eisige Stille in der Leitung. Offenbar hatte es Sanson regelrecht die Sprache verschlagen.

„Mein Gott, sagen Sie mir doch, was ich tun soll! Ich stehe hier mit einer Leiche und weiß weder aus noch ein."

Die Panik in der Stimme des Mannes brachte den Rechtsbeistand wieder zur Besinnung. Jetzt war Schadensbegrenzung gefragt. Er musste unbedingt verhindern, dass der Wirt durchdrehte. Seine Überlegungen überschlugen sich. Schließlich hat er sich wieder im Griff.

„Sind Sie alleine?"

„Ja."

„Dann reißen Sie sich jetzt zusammen! Haben Sie das ganze Geschirr, das die Stadträte benutzt haben, schon weggeräumt?"

„Nein, es steht noch alles herum."

„Auch die Terrine mit ...?"

„Ja."

„Gut. Sie sammeln jetzt sämtliche Terrinen ein, beseitigen den restlichen Inhalt und schwenken sie aus. Erst dann entdecken Sie offiziell den Toten und rufen die Polizei. Da niemand weiß, wann Sie die Leiche entdeckt haben, kann Ihnen keiner etwas beweisen. Sie müssen nur, verdammt noch mal, die Nerven behalten. Wenn Sie von der Kripo gefragt werden, erklären Sie, dass alles so abgelaufen ist wie immer. – Vergessen Sie nicht, dass wir Sie in der Hand haben! Und jetzt machen Sie voran! Sobald die Polizei Sie entlassen hat, rufen Sie mich unter dieser Nummer wieder an."

Das Gespräch wurde unterbrochen.

Küchler drehte sich auf dem Absatz um und eilte in das Casino zurück. Wie von Sanson befohlen, lehrte er alle Terrinen in den Ausguss und schwenkte kräftig mit viel Wasser nach, bis alle Rückstände verschwunden waren. Gleichermaßen verfuhr er mit den Tellern und dem Besteck. Danach stapelte er alles in den Geschirrspüler, ohne diesen jedoch einzuschalten.

Mit zitterndem Herzen wählte er die Nummer der Polizei. Anschließend rief er sofort die Privatnummer des Oberbürgermeisters an. Schluckthardt war zwar noch nicht zuhause, es war aber eine Rufumleitung auf sein Handy eingerichtet. Der Anruf des Casinowirtes erreichte das Stadtoberhaupt tatsächlich noch bei Melinda Burgfried, wo er sich zu einem kleinen Cognac als Absacker hatte überreden lassen.

Da sein Fahrer noch vor der Tür der Stadträtin wartete, traf Oberbürgermeister Schluckthardt fast gleichzeitig mit der Polizei im Rathaus ein. Was er dort vorfand, erzeugte in seinem Kopf nur ein Wort: Skandal!

Wenig später verwandelten die hektisch blinkenden Blaulichter mehrerer Streifenwagen den nächtlichen Platz um den Vierröhrenbrunnen in einen surrealen Lichterwald.

Keiner wusste, woher sie es erfahren hatten, aber kurze Zeit später tummelten sich die ersten Presseleute vor dem Eingang des Grafeneckarts, wo sie nur mit Mühe von mehreren kräftigen Streifenbeamten davon abgehalten werden konnten, in das Gebäude einzudringen.

13

Die Nachricht von dem unerwarteten Ableben des Stadtrats und Fraktionsvorsitzenden der Links-rechts Liberalen, Rochus Hirschruf, schlug in der Stadt ein wie eine Bombe. Wilde Gerüchte schossen ins Kraut und gaben den abwegigsten Vermutungen Raum. Selbst der Bayerische Rundfunk, der sich gewöhnlich auch für aufsehenerregendere Ereignisse in bayerischen Regionalmetropolen kaum interessierte, schickte ein Fernsehteam, um Oberbürgermeister Schluckthardt ein Interview für die Abendnachrichten zu entlocken.

Die Presseabteilung des Rathauses hatte den Oberbürgermeister jedoch dahingehend beraten, lediglich ein Statement abzugeben, das ganz allgemein die derzeit bekannten Fakten wiedergab, ohne in irgendeiner Form auf Spekulationen einzugehen. Die Redaktion der Nachrichtenabteilung des Bayerischen Rundfunks machte daraus einen Zwanzig-Sekunden-Beitrag, der dann noch einmal auf fünfzehn Sekunden gekürzt wurde.

Ganz anders die Mainpresse, die ihre Reporter in alle Himmelsrichtungen entsandt hatte, um von allen möglichen Menschen irgendwelche Kommentare zu diesem

Ereignis zu bekommen. Wie häufig in derart spektakulären Fällen gab es auch hier bestens informierte Quellen, die interne Ermittlungsergebnisse an die Presse durchstachen. Auf diese Weise wurde bekannt und veröffentlicht, dass der verstorbene Stadtrat zeit seines Lebens an einer allergischen Lebensmittelunverträglichkeit litt. Offenbar hatte er während einer bis in die späten Abendstunden dauernden Sitzung des Ausschusses für die Wahl der Miss Grafeneckart Blaue Zipfel zu sich genommen, die mit hoher Wahrscheinlichkeit aus bisher ungeklärten Gründen eine schwere allergische Reaktion auslösten, die dann letztlich zu seinem Tod führte. Rochus Hirschruf war daher Opfer seines nimmermüden Einsatzes für die Bürger Würzburgs geworden. Für die Partei und die Stadt, wie der Vize-Fraktionsvorsitzende der LiReLi formulierte, ein unersetzlicher Verlust, dem Stadtratskollegen werde man stets ein ehrendes Andenken bewahren.

Gustl Rammler war von der Nachricht vom überraschenden Ableben des Stadtrats ebenfalls extrem schockiert. War es doch Hirschruf gewesen, den er zusammen mit Sanson auf der Bank im ehemaligen Gartenschaugelände beobachtet hatte. Sein Gefühl sagte ihm, dass hier ein Zusammenhang bestand. Bevor er hier aber einen Verdacht konstruierte, musste er über einige Fakten nähere Auskünfte einholen.

An dem Tag, als das Ableben von Rochus Hirschruf publik wurde, ging es um die Mittagszeit im Casino des

Rathauses zu wie in einem Bienenstock. Zahlreiche Mitarbeiter und Bürger trafen sich hier, um ihre Anteilnahme zu bekunden – und natürlich auch, um ihre Neugierde zu befriedigen. Aus verständlichen Gründen ließ sich jedoch keiner aus der Stadtregierung blicken. Auch Küchler war nirgendwo zu sehen. An den Tischen wurden die abstrusesten Spekulationen ausgetauscht, an denen sich Rammler jedoch nicht beteiligte. Nach dem Mittagessen begab er sich in einen der ruhigeren Flure des Rathauses und zog sein Mobiltelefon hervor. Die Visitenkarte, die im Steinklopfer vor einigen Tagen zugesteckt hatte, trug er noch immer bei sich. Er wählte die dort abgedruckte Mobilfunknummer. Nach zweimaligem Läuten meldete sich der Stadtrat mit einem knappen „Ja".

„Hier Rammler, ich hätte Sie gerne mal gesprochen."

Kurzes Zögern, dann: „Kommen Sie in einer halben Stunde auf den Parkplatz an der Mainkuh. Ich fahre einen roten Golf." Das Gespräch war beendet. Der Stadtrat zeigte sich ungewohnt wortkarg – Rammlers „Geht klar" hörte er schon nicht mehr.

Gustl fand den beschriebenen PKW ohne Probleme. Er öffnete die Beifahrertür und ließ sich auf den Sitz gleiten. Steinklopfer gab im kurz die Hand, dabei ließ er die Umgebung des Fahrzeugs nicht aus den Augen. Er war sichtlich nervös.

„Was gibt es? Nehmen Sie mir meine Geheimniskrämerei bitte nicht übel, aber nach der Geschichte mit dem armen Hirschruf befinden wir Stadträte uns im besonderen Fokus der Polizei und der Medien."

„Also handelt es sich bei dem Tod von Hirschruf nicht nur wie bisher verlautbart um einen tragischen Unglücksfall?"

Steinklopfer rutschte unruhig auf dem Sitz hin und her. „Hirschruf war, wie wir alle wussten, hochgradig allergisch gegenüber Essig. Nach der letzten Sitzung der Fraktionsvorsitzenden haben wir traditionsgemäß Blaue Zipfel verzehrt, deren Sud üblicherweise auch Essig enthält. Deshalb hat Hirschruf immer eine eigene, essigfreie Portion erhalten. So auch diesmal, wie wir dachten. Bei der Obduktion des armen Mannes wurde natürlich auch der Mageninhalt untersucht. Dabei wurde überraschenderweise festgestellt, dass er offenbar doch Essig zu sich genommen hatte. Naheliegend ist, dass er sich im Sud seiner Blauen Zipfel befand."

Gustl Rammler zog die Stirn in Falten. „Es handelt sich also offenbar um einen Anschlag, um nicht zu sagen, um Mord?"

Steinklopfer machte eine vielsagende Geste. „Jedenfalls muss der Mann einen schlimmen Tod gestorben sein. Er ist offenbar regelrecht implodiert."

„Haben Sie eine Ahnung, was dahinterstecken könnte? Könnte diese Misswahl der Grund sein?"

„Ich weiß nicht", gab Steinklopfer zurück. „Fakt ist jedenfalls, dass der Verstorbene lange Zeit vehement einer

Wahl der Miss Grafeneckart im kleinen Kreis das Wort geredet hat. Auch dann, als die Mehrheit auf eine Wahl im Plenum umgeschwenkt war. Erstaunlicherweise hat er an dem Tag, wenige Stunden vor seinem Tod, eine 180-Grad-Wendung vollführt und forderte nun auch eine Abstimmung durch den Gesamtstadtrat." Steinklopfer sah Rammler forschend an. „Haben Sie mittlerweile etwas herausgefunden?"

Rammler schüttelte den Kopf. „Leider nichts Genaues. Es gibt da ein paar vage Verdachtsmomente, denen ich noch nachgehen muss. Wenn ich mehr weiß, werde ich Sie informieren." Seine Hand ging schon zum Türöffner, als ihm noch etwas einfiel. „Was ist jetzt mit Küchler? Nachdem er die Blauen Zipfel zubereitete, muss doch der erste Verdacht der Polizei auf ihn fallen."

„Sie haben recht. Nach meinen Informationen wurde er verhaftet und in Untersuchungshaft genommen."

Rammler verabschiedete sich und verließ den Golf. Für ihn war klar, dass dieser Rechtsbeistand Sanson die Schlüsselfigur in diesem schlimmen Geschehen war. Bevor er allerdings etwas unternahm, würde er noch ein paar Nachforschungen in Richtung dieser zwielichtigen Figur unternehmen. Er wusste auch schon, wen er da ansprechen konnte.

Durch reinen Zufall hatte er seit einigen Wochen Kontakt zu einer ihm bekannten Rentner-Gang. Die Herren trafen sich fast jeden Tag zu einem zweiten Frühstück in der Juliusspitalbäckerei. Die Gruppe bestand aus fünf kultivierten Herren im besten Alter, die diesen Lebensabschnitt in vollen Zügen genossen. Mit einigen von ihnen hatte Rammler in seiner aktiven Zeit öfters dienstlich zu tun gehabt.

Was die fünf Männer verband, war der Kegelsport. Seit mehr als einem Jahrzehnt waren sie Mitglied in dem Kegelsportverein „Gut Holz“ in Heidingsfeld und trafen sich alle vierzehn Tage, um im wahrsten Sinne des Wortes eine ruhige Kugel zu schieben.

Hin und wieder traf Rammler sie dort. Wenn es etwas über Sanson zu erfahren gab, waren die fünfe aufgrund ihrer unterschiedlichsten Kontakte sicher eine zuverlässige Quelle.

Am nächsten Tag begab sich Rammler kurz vor zehn Uhr in die Bäckerei, bestellte sich einen Cappuccino und ließ sich an einem großen Tisch nieder. Pünktlich um zehn marschierten sie ein. Alle waren sportlich locker gekleidet und strotzten vor jugendlicher Dynamik. Als die Bedienung hinter dem Tresen sie sah, winkte sie ihnen zu und begann gleich ihre gewohnten Getränke einzuschenken. Als sich die fünf im Café nach ihrem Platz umsahen, entdeckte Florian Zurbrinken, ehemals Finanzrat im Bereich der Steuerfahndung des Finanzamts Würzburg, Gustl Rammler und nickte ihm freundlich zu.

„Hallo Gustl, schön, dass du wieder einmal Zeit für einen kleinen Schwatz hast.“ Zurbrinken machte einige

Schritte auf Gustl Rammler zu und drückte ihm herzlich die Hand.

„Musste mich wieder etwas vom Rentnerstress erholen“, schmunzelte Rammler.

„Ja, ja, das ist fast nicht zu ertragen“, bestätigte Oskar Behrens lachend und ließ sich nieder. Behrens war, wie Rammler wusste, zuletzt als Leiter des Betrugsdezernats der Kripo Würzburg eingesetzt gewesen.

„Mensch, Gustl, du siehst jeden Tag jünger aus! Wie machst du das nur?“ Michael Köhler war die rechte Hand des Finanzdirektors des Ordinariats gewesen und war, wie Gustl Rammler wusste, mit all den kleinen Geheimnissen des Bischofsstuhls vertraut, die dank seiner Diskretion niemals das Licht der Öffentlichkeit erblickten.

Bei Nummer vier und fünf der Gruppe handelte es sich um Egon Liebherr und Winfried Kistler. Liebherr war als Rettungsassistent beim Roten Kreuz beschäftigt gewesen und Kistler hatte bei der Justiz gedient. Das übliche Einleitungsthema, „Wie geht‘s, wie steht‘s“, war dann auch schnell abgehandelt und man wandte sich im Gespräch den tagesaktuellen Themen zu, wobei der Tod des Stadtrats Hirschruf der dominante Gesprächsstoff war.

Oskar Behrens schüttelte den Kopf. „Wenn ich die Pressemeldungen richtig verstanden habe, ist Hirschruf während einer Sitzung der Fraktionsvorsitzenden tot zusammengebrochen. Gewissermaßen in den Sielen verstorben.“

„Angeblich soll ja ein anaphylaktischer Schock aufgrund einer allergischen Reaktion die Ursache gewesen sein", leistete Egon Liebherr seinen sachkundigen Beitrag. „Wenn so eine Reaktion eintritt und nicht sofort Hilfe geleistet wird, ist da nicht mehr viel zu machen. Wirklich eine traurige Sache."

Zurbrinken wechselte das Thema. „Insgesamt scheint es im Grafeneckart zurzeit wieder einmal drunter und drüber zu gehen. Ich denke dabei nur an diese Geschichte mit dieser fragwürdigen Misswahl, die sich der Stadtrat da ausgedacht hat. Wie in der Zeitung stand, wurden die jungen Frauen, die nicht in die Endauswahl kamen, ohne nähere Erklärung mittels eines unpersönlichen Serienbriefs als Kandidatinnen abgelehnt. Da hat man im Rathaus wieder einmal ausgesprochenes Fingerspitzengefühl bewiesen. Kein Wunder, dass sich die Damen über den Tisch gezogen fühlten und protestierten."

„Ich habe da ja auch so meine Quellen", stellte Michael Köhler schmunzelnd fest. „Sie müssen den Oberbürgermeister und die Fraktionsvorsitzenden im Rathaus regelrecht belagert haben. Die Herrschaften mussten schließlich die Polizei rufen, die sie dann mühsam befreit hat. Eine ziemlich blamable Angelegenheit, wenn ihr mich fragt."

Das Gelächter der Herren hatte einen durchaus schadenfrohen Unterton.

Florian Zurbrinken meldete sich erneut zu Wort. „Ich

habe da einen guten Freund bei der Presse. Er hat mir mehr oder weniger durch die Blume anvertraut, dass es bei der Auswahl der ausgeschiedenen Kandidatinnen nicht ganz sauber zugegangen sein soll. Angeblich wurden die fünf Frauen, die in die Endausscheidung gekommen sind, von einzelnen Stadtratsmitgliedern besonders protegiert. Aber nachdem diese Auswahl in der Sitzung eines nicht öffentlichen Wahlausschusses erfolgte, lässt sich eine derartige Vermutung natürlich nicht beweisen."

Gustl Rammler äußerte sich zu dieser Thematik nicht. Jetzt schien ihm aber der geeignete Moment gekommen zu sein, eine Frage unterzubringen.

„Habt ihr schon einmal in irgendeiner Form mit dem Rechtsbeistand Sanson zu tun gehabt?"

„Wieso fragst du?", Behrens horchte auf. „Hat etwa dieser windige Bursche bei dieser Sache seine schmutzigen Finger im Spiel?" Seine Miene war plötzlich ziemlich ernst.

Gustl Rammler zuckte mit den Schultern. „Es gibt da gewisse Anhaltspunkte ... Ich wurde jedenfalls gebeten, diskret ein paar Erkundigungen einzuziehen. – Wenn du sagst ‚windiger Bursche', hat das doch sicher seine Gründe."

Behrens warf einen Blick auf die übrigen Gäste der Bäckerei, die ein paar Tische entfernt saßen, so dass sie ihn nicht verstehen konnten. Er senkte trotzdem die Stimme. „Man muss da etwas vorsichtig sein. Was ich jetzt sage, ist aus dem polizeilichen Nähkästchen geplaudert, also absolut vertraulich. Ich hoffe, ich kann mich auf deine Verschwiegenheit verlassen."

Rammlers Nicken bedeutete ihm, dass er die Botschaft verstanden hatte.

„Windig ist für diesen Burschen noch eine sehr beschönigende Bezeichnung. Als ich noch im aktiven Dienst stand, liefen massive Ermittlungen gegen Unbekannt wegen Verdachts des Subventionsbetrugs. Wir hatten keinen Namen, wussten aber, dass es sich um eine Persönlichkeit aus dem Geschäftsleben Bayerns handelte. In der Szene war nur immer wieder von einem ‚Papilein' die Rede. In diesem Zusammenhang tauchte fast immer der Name Karl-Heinrich Sansons auf, der offensichtlich als Strohmann des Unbekannten fungierte. Wir haben dann eine Beamtin auf Sanson angesetzt in der Hoffnung, so den Namen der ‚Grauen Eminenz' zu erfahren, für die er arbeitete. Der Beamtin gelang es auch, mit Sanson in Ehren und Takt zu kommen." Er machte eine Pause und nahm einen Schluck Kaffee.

Überraschend mischte sich Florian Zurbrinken ins Gespräch ein. „Seinerzeit war auch die Steuerfahndung eingeschaltet, da der Verdacht bestand, dass große Summen an Steuergeldern hinterzogen wurden. Ich sag nur: Briefkastenfirmen."

„Leider war der Undercover-Einsatz letztlich nicht erfolgreich", fuhr Behrens fort, „weil die Beamtin von einem Tag auf den anderen von der Bildfläche verschwand. Sechs

Wochen später bekam die Personalstelle des Polizeipräsidiums eine Ansichtskarte aus der Karibik, auf der die Kollegin im Bikini auf einer pompösen Motoryacht abgebildet war und uns mitteilte, dass sie den Dienst quittiere und nie mehr nach Deutschland zurückkehren würde. Wir waren damals sehr sicher, dass dabei Sanson seine Finger im Spiel hatte. Vermutlich hat er die Kollegin umgedreht. Wir konnten ihm aber bedauerlicherweise nichts beweisen und die Ermittlungen mussten eingestellt werden."

„Bei uns in der Steuerfahndung lief es etwas anders, aber im Endergebnis kam es auf dasselbe hinaus. Uns wurde von einem Whistleblower eine Daten-CD angeboten, die von der Steuerverwaltung auch aufgekauft werden sollte. Nach einer ersten groben Prüfung der Daten waren wir überzeugt, da würden uns einige große Fische, auch im unterfränkischen Bereich, ins Netz gehen. Kurz bevor der Deal über die Bühne gehen sollte, verschwand der Anbieter auf Nimmerwiedersehen. Wir haben bis heute keine Ahnung, was aus ihm wurde. Auch in diesem Fall vermuteten wir, dass Sanson seine Finger im Spiel hatte, konnten es aber ebenfalls nicht beweisen." Er atmete tief durch und seiner Miene war anzusehen, dass ihn dieser Fall noch heute berührte.

„Ich denke", ergänzte Behrens, „jetzt kannst du in etwa abschätzen, mit was für einem Zeitgenossen du es bei Sanson zu tun hast."

„Weswegen interessierst du dich für ihn?“, wollte Michael Köhler wissen.

Gustl Rammler überlegte einen Augenblick, dann erwiderte er: „Wie gesagt, ich wurde um absolute Diskre'tion gebeten. Ich kann nur so viel sagen, dass Sanson in der letzten Zeit mehrfach im intensiven Gespräch mit bestimmten Stadträten beobachtet wurde.“

Zurbrinken stieß einen leisen Pfiff aus. „Da wäre ich aber mal sehr misstrauisch. Wenn der Kerl lacht, sollte man ihm gleich den besten Zahn ziehen!“

Die anderen lachten.

Rammler unterhielt sich noch eine Weile mit den Herren über belanglosere Themen, dann bedankte er sich für die Informationen und verabschiedete sich.

14

Papilein tobte minutenlang mit sich überschlagender Stimme! Sanson stand mit zitternden Knien zwischen zwei von Papileins Leibwächtern und empfand pure Todesangst. So wütend hatte er seinen Boss noch nie erlebt. Vom Tod des Stadtrats hatte Papilein aus den Nachrichten und nicht von ihm selbst erfahren. Obwohl er seinem Auftraggeber immer wieder schwor, dass keinerlei Verdacht auf eine Beteiligung seiner Person an dem Ableben Hirschrufs fallen würde, war der Mann nicht zu besänftigen.

„Ich habe dir gesagt, ich würde keinen weiteren Fehler von dir tolerieren!", brüllte er mit hochrotem Kopf, soweit dieser unter der Maske zu erkennen war. „Ich darf jetzt den Scherbenhaufen aufräumen, den du hinterlassen hast! Du hattest deine Chance!"

„Das ..., das war doch der Fehler von Küchler, diesem Idioten", stotterte Sanson mit einem verzweifelten Versuch, die Schuld von sich abzulenken. „Der Verdacht fällt doch alleine auf ihn. Wenn Sie ihm einen guten Anwalt besorgen, kann der ihn sicher herauspauken."

„Dass ich nicht lache! Sobald die Bullen ihn richtig ins Gebet nehmen, wird er singen wie eine Nachtigall. Ich kann dir auch sagen, wessen Namen er singen wird." Der Zeigefinger Papileins wies mitten auf Sansons Brust. Plötzlich machte er eine schnelle Handbewegung und zog sich die Maske vom Gesicht. Sanson durchfuhr ein tödlicher Schrecken. Schnell senkte er den Blick, er wollte das Gesicht nicht sehen, wusste er doch, was das bedeutete! Trotzdem hatte er den Mann erkannt. Er wusste, was die Stunde geschlagen hatte! Zitternd sank er in sich zusammen. Seine beiden Wächter fingen ihn auf.

Papilein sah ihn lange Zeit an, dann fuhr er fort: „Solche Versager kann ich nicht brauchen. Ich denke ja gar nicht daran, in diese vertrackte Angelegenheit auch nur einen weiteren Cent zu investieren. Nein, nein, wir werden hier reinen Tisch machen!" Er gab den beiden Männern an Sansons Seite einen Wink. Als ihn die beiden packten, heulte der Rechtsbeistand auf wie ein getroffener Wolf. Aber alles Strampeln und Zetern war sinnlos. Sie zerrten ihn zur Tür hinaus und schleppten ihn hinunter in die Tiefgarage des Hauses. Dort knebelten und fesselten sie ihn, so dass er sich kaum mehr rühren konnte, und verfrachteten ihn in den Gepäckraum eines Geländefahrzeugs. Nach Einbruch der Dunkelheit würden sie ihn zu einem geeigneten Ort fahren, wo er das Fundament einer im Bau befindlichen Tiefgarage verstärken würde.

Papilein wischte sich den Schweiß von der Stirn. Immer Ärger mit dem Personal, dachte er zornig. Anschließend griff er zum Telefon, schaltete den elektronischen Stimmenverzerrer ein und wählte eine Nummer. Was er jetzt zu erledigen hatte, wäre eigentlich Sansons Aufgabe gewesen, aber auf den konnte er nicht mehr zurückgreifen. Er musste es zehnmal läuten lassen, dann hörte er ein elektronisches Geräusch in der Leitung. Er wusste, dass sein Anruf jetzt umgeleitet wurde. Nach dreimaligem Klingeln meldete sich eine männliche Stimme. Es wurden einige vorbestimmte Sätze gewechselt, dann konnte Papilein seinen Auftrag erteilen. Nachdem er auf die Eilbedürftigkeit der Angelegenheit hingewiesen hatte, verdoppelte sich das Honorar seines Gesprächspartners, dann wurde der Anruf beendet. Papilein lehnte sich entspannt zurück. Das Problem mit Küchler war auch so gut wie gelöst.

Wenig später griff er zu einer Fernbedienung, mit deren Hilfe er einen Teil der Seitenwand seines Büros zur Seite gleiten lassen konnte. Dahinter kam ein großflächiger LED-Fernsehbildschirm zum Vorschein. Mit der Fernbedienung wählte er den Würzburger Regionalfernsehsender, der, wie er wusste, um diese Zeit Nachrichten brachte. Wie es schien, hatte er sich direkt in ein Statement von Oberbürgermeister Schluckthardt hineingezappt. Das Gesicht des Stadtoberhaupts wurde von der Kamera bildfüllend wiedergegeben.

„... Wie Sie wissen, liebe Würzburgerinnen, liebe Würzburger, wollten wir das 700-jährige Bestehen unseres Grafeneckarts in besonderer Weise begehen. Der Stadtrat hatte sich aus diesem Grunde entschlossen, die Wahl einer

Miss Grafeneckart auszuschreiben, für die sich erfreulicherweise zahlreiche Würzburgerinnen beworben haben. Leider wurden wir alle vom plötzlichen und unerwarteten Ableben unseres verdienten Stadtratsmitglieds und Fraktionsvorsitzenden der Links-rechts Liberalen Partei, Rochus Hirschruf, geschockt. Rochus Hirschruf unterstützte das Projekt der Miss Grafeneckart im Wahlausschuss freudig und engagiert.

Wir sind nach diesem erschütternden Ereignis nach kurzer Beratung im Plenum einstimmig zu der Entscheidung gekommen, dass wir aus Gründen der Pietät diese Wahl nicht weiterverfolgen wollen. Wir sind sicher, alle Würzburgerinnen und Würzburger werden diese Entscheidung mittragen. Wir bedanken uns ganz herzlich bei den Damen, die sich beworben haben, und danken auch ihnen für ihr Engagement. Wir hoffen, dass ihre Enttäuschung nicht allzu groß ist.

Insgesamt werden wir die Feiern um das Jubiläum unseres Wahrzeichens in nächster Zeit in angemessener Form gestalten. Um unserer Trauer über das Ableben eines verdienten Kommunalpolitikers auch nach außen hin Ausdruck zu verleihen, werden wir den Grafeneckart in geeigneter Form einhausen und damit jedem Betrachter Gelegenheit geben, sich an Rochus Hirschruf zu erinnern. Ich danke Ihnen für Ihre geschätzte Aufmerksamkeit."

Das Gesicht des Oberbürgermeisters verschwand, stattdessen erschien die Moderatorin und verlas Nachrichten.

Papilein presste den Aus-Knopf und der Bildschirm verdunkelte sich. Kopfschüttelnd ließ er den Fernseher wieder in der Wand verschwinden. Wieso hatte er diese Entscheidung im Vorfeld nicht mitbekommen? Der ganze Aufwand für nichts! Ihm war klar, wenn Jasmin Cheyenne die Neuigkeit erfuhr, würde sie richtig am Rad drehen. Bevor er in sein Stadthaus zurückfuhr, musste er so schnell wie möglich agieren, um irgendwelche exzessiven Reaktionen der temperamentvollen Frau zu verhindern. Sie war zwar ein heißer Feger, hatte sich mittlerweile aber bei ihm so

eingelebt, dass sie ständig irgendwelche ermüdenden Forderungen stellte. Dieses einer Ehefrau ähnliche Verhalten nervte ihn schon einige Zeit und erweckte in ihm den Wunsch nach Abwechslung. Man aß ja auch nicht jeden Tag dasselbe. Er war Geschäftsmann. Wenn das Preis-Leistungs-Verhältnis eines derartigen Arrangements zu seinem Nachteil kippte, war es Zeit, sich neu zu orientieren. In der Rückabwicklung derartiger Verhältnisse hatte er ja schon reichlich Übung.

Jasmin Cheyenne war mit Dennis, einem seiner Leibwächter, zum Shoppen nach Schweinfurt gefahren und würde erst in ein, zwei Stunden zurückkommen. Er überlegte kurz, dann stellte er fest, es gab keine zwingende Notwendigkeit, sie nochmals zu sehen. Er bat Tino, seinen anderen Bodyguard, ihn nach Würzburg zu fahren. Der andere Teil seines Lebens erforderte seine Anwesenheit.

15

Gustl Rammler wurde von der Entscheidung der Rathausspitze, die Misswahl zu canceln, genauso überrascht wie der Rest der Stadt. Wenige Tage später wurde um den Grafeneckart ein Baugerüst errichtet, das man mit langen bedruckten Folien abdeckte. Wie er von Sepp Steinklopfer erfuhr, waren schon seit langem am Grafeneckart Sanierungsarbeiten geplant, die man nun ganz einfach vorzog. Diese Planungsänderung war ein geschickter Schachzug des Oberbürgermeisters, der dadurch erfolgreich verhinderte, dass engagierte Bürger zahllose Beschwerdeschreiben auf die Stadtverwaltung niederprasseln ließen.

Rammlers Versuch, Dieter Küchler in der Untersuchungshaft zu besuchen, scheiterte daran, dass man ihm bei der Antragstellung mitteilte, Küchler habe sich in seiner Zelle erhängt. Rammler war zutiefst geschockt und bedauerte dies sehr, da er die Kochkunst des Casinowirts sehr geschätzt hatte. Die Presse wertete diesen Suizid als ein Eingeständnis seiner Schuld am Tod des Stadtrats, mit der er nicht weiterleben wollte. Die Polizei konnte trotz intensiver Ermittlungen keine Anhaltspunkte für ein Drittverschulden am Tod des Untersuchungsgefangenen finden.

Obwohl Steinklopfer Rammler erklärte, aus seiner Sicht brauche er keine weiteren Nachforschungen in Richtung Sanson zu betreiben, machte Gustl auf eigene Faust weiter. Es interessierte ihn brennend, welche Beziehungen einzelne Bürgervertreter mit diesem zwielichtigen Rechtsvertreter verbanden. Sanson war aber über Nacht wie vom Erdboden verschluckt. Einige Wochen später erfuhr er aus einer kleinen Notiz in den Würzburger Nachrichten, dass eine Anwaltskanzlei das Büro des Rechtsbeistands übernommen hatte, da dieser das Land mit unbekanntem Ziel verlassen habe. Sonst gab es keine näheren Informationen. Für Rammler höchst unbefriedigend. Alle Spuren und Hinweise versickerten irgendwie im Sand der Verwaltungsbürokratie. Auch die Bilder und Bewerbungen der Missanwärterinnen waren eines Tages spurlos verschwunden. Eleonore Gründlich hob auf seine Frage hin nur vielsagend die Augenbrauen. Er beschloss, zukünftig auf die Damen und Herren Stadträte ein wachsames Auge zu haben.

16

Jasmin Cheyenne von und zu Köddel lag wie so oft am späten Vormittag entspannt im Whirlpool ihres Apartments in Papileins Villa, schlürfte ein Glas Champagner und döste so vor sich hin. Ihren väterlichen Verehrer hatte sie gestern am späten Nachmittag, nach ihrer Rückkehr von der Shoppingtour, nicht mehr angetroffen. Er war auch über Nacht ferngeblieben. Für sie endlich einmal eine Möglichkeit, richtig durchzuschlafen. Papileins sexuelle Aktivität war schon bemerkenswert, obwohl er, wie sie wusste, schon seit einigen Jahren Golf spielte.

Toni und Dennis, die beiden Leibwächter, waren wie immer, wenn ihr Boss aus dem Haus war, unsichtbar.

Aus vier Lautsprechern, in jeder Ecke einer, ertönte das Morgenprogramm von Radio Frankonia, das um diese Zeit „Rock around the clock“ brachte. Jasmin Cheyenne ließ sich von der Musik berieseln und tat das, was sie ausgezeichnet beherrschte: Sie dachte an nichts. In dieses gedankliche Vakuum drängte sich plötzlich die Stimme eines männlichen Nachrichtensprechers, der sie durch das Stichwort „Miss Grafeneckart“ abrupt in die Gegenwart zurückschnellen ließ. Jasmin Cheyenne riss die Augen auf und lauschte. Mit immer größerem Entsetzen folgte sie den Worten des Mannes bis zu dem Punkt, an dem er erklärte, dass der Stadtrat die Wahl zur Miss Grafeneckart abgesetzt hatte. Dann konnte sie sich nicht länger beherrschen. Sie stieß einen spitzen Wutschrei aus und schmetterte das Champagnerglas gegen die Kacheln des Badezimmers. Aufgrund ihrer heftigen Bewegung rutschte sie mit dem Hintern auf dem glatten Grund des Whirlpools aus und verschwand unter der blasenwerfenden Wasseroberfläche. Prustend tauchte sie wieder auf. Weil sie wegen ihres submarinen Wutanfalls ziemlich viel Wasser geschluckt hatte, bekam sie einen heftigen Hustenanfall, der ihren Kopf krebsrot anlaufen ließ.

Nachdem sie sich wieder einigermaßen gefangen hatte, erhob sie sich und entstieg dem Bade, wobei sie eine Wasserfontäne im Bad verspritzte. In ihren Bademantel gehüllt, rannte sie ins Wohnzimmer und schaltete das Regionalfernsehen ein. Aber auch hier verkündete das Programm von gestern, das in Endlosschleife wiederholt wurde, die unfassbare Nachricht.

Jasmin Cheyenne griff zum Telefon und wählte die ihr alleine vorbehaltene Nummer von Papilein. Als sie zur Mailbox umgeleitet wurde, warf sie das Telefon durch das Zimmer. Auf seiner Flugbahn warf es die künstlerische Plastik einer Venus von Milo von ihrem Sockel, wodurch der Figur zusätzlich zu ihren bereits abgebrochenen Armen auch noch das Genick gebrochen wurde.

„Wo treibt sich der alte Sack bloß wieder herum!“, fauchte sie wenig liebevoll und gab damit laut ihre Gedanken zum Besten, die sie, seit sie hier Papileins Gespielin war, tief in ihrem Inneren eingeschlossen hatte.

Jasmin Cheyenne, die unzweifelhaft über erhebliche schauspielerische Fähigkeiten verfügte und gerne die jungmädchenhafte Naive gab, gab sich keineswegs der Illusion hin, dass ihr Verhältnis mit Papilein auf Dauer angelegt war. Da der Finanzgewaltige nicht ihr erster „väterlicher Freund“ war, registrierte sie sensibel die ersten kleinen Risse im Fundament ihrer Win-win-Beziehung. Anders ausgedrückt, langweilte sie ihn langsam.

Erfolgreiche Männer wie er mussten immer wieder einmal das „Spielzeug“ wechseln, um sich auch auf diesem Gebiet selbst zu bestätigen. Ihre Wahl zur Miss Grafeneckart wäre ein Erfolg gewesen, der sich für sie auch nach einer Trennung von Papilein noch längere Zeit ausgezahlt hätte. Nachdem dieser Traum nun zerbrochen war, musste sie sich etwas einfallen lassen, um aus der Gunst des notgeilen Burschen noch so viel wie möglich für sich herauszuholen.

In diesem Augenblick hörte sie draußen vor der Villa Männerstimmen. Offenbar war der Herr und Meister zurückgekehrt. Sie schnitt einige Grimassen, um ihre Gesichtsmuskulatur zu entspannen, damit sie ihn mit dem gewohnten anhimmelnden Lächeln begrüßen konnte. In diesem Augenblick öffnete sich die Tür zu ihrem Apartment und die beiden dunkel gekleideten Leibwächter ihres Liebhabers traten ein ohne anzuklopfen.

Empört fuhr sie hoch. „Was fällt euch ein, hier einfach so einzudringen?! Wenn ich das eurem Boss sage, dann ...“

Tino, der Ältere der beiden, trat dicht an sie heran, während der andere wortlos in ihrem Schlafzimmer verschwand. „Schätzchen, halt ganz einfach die Klappe.“ Er sah, dass sie nur mit einem Bademantel bekleidet war. „Zieh dir was an, wir werden jetzt einen kleinen Ausflug machen.“

Wütend stampfte sie mit dem Fuß auf. „Ich denke gar nicht daran! Ich will sofort mit Papilein sprechen!“ Sie machte Anstalten, zur Tür zu laufen. Tino machte einen Schritt zur Seite und stellte sich ihr in den Weg.

„Schätzchen, du wirst genau das tun, was ich dir sage, und sonst gar nichts! Ich möchte wirklich nicht grob werden!“

Jasmin Cheyenne war nicht auf den Kopf gefallen. Langsam dämmerte ihr, was die Stunde geschlagen hatte. Niemals würden es die beiden Männer wagen, so mit ihr umzugehen, wenn dies nicht von ihrem Boss so abgesegnet gewesen wäre. Sie blickte einen Moment in die unerbittlichen Augen Tinos, dann gab sie auf. Langsam ging sie ins Schlafzimmer. Dort traf sie auf Dennis, der gerade damit fertig geworden war, ihre sämtlichen Kleidungsstücke aus den Schränken in zwei große Rollkoffer zu stopfen.

„Beeil dich! Zieh dich an!“, befahl er und verließ mit den beiden Gepäckstücken den Raum. Auf dem Bett lagen einige Kleidungsstücke, die Dennis offenbar für sie hingelegt hatte. Sie zog sich an, dann verließ sie wieder den Raum. Den Bademantel warf sie aufs Bett.

„Kann ich mich noch von ihm verabschieden?“

Tino schüttelte nur den Kopf. Er hielt ihr die offene Hand hin. „Das Handy!“

Sie wagte es nicht, sich ihm zu widersetzen. Wortlos drückte sie ihm das Mobiltelefon in die Hand, dann verließen sie das Apartment. Tino vorneweg, sie in der Mitte, Dennis mit den beiden Gepäckstücken hinterher, zog sie aus der Villa aus. Von Papilein war weit und breit nichts zu sehen. Die drei bestiegen einen der geräumigen SUVs aus dem Fuhrpark und rollten wenig später vom Grundstück. Jasmin Cheyenne warf einen letzten Blick zurück. Zwanzig Minuten später fuhren sie auf die A 7 in Richtung Norden. Nach knapp einer Stunde Fahrt hielt es Jasmin Cheyenne nicht mehr aus.

„Was habt ihr mit mir vor? Wo fahren wir hin?“

„Wart es ab!“, gab Tino scharf zurück.

Jasmin Cheyenne bekam langsam Angst. Wollte Papilein sie etwa beseitigen lassen? Sie wusste, dass sie nicht die erste Bewohnerin des Apartments im Haus des Mannes gewesen war, von dem sie eigentlich gar nichts wusste. Hatte Papilein alle seine „Spielsachen“ auf eine endgültige Art und Weise aus dem Weg geräumt? Sie begann zu zittern und Tränen liefen ihr herunter. Ihre beiden Begleiter bemerkten dies wohl, sagten aber weiterhin kein Wort.

Bei Göttingen wechselten sich die beiden an einer Raststätte hinter dem Steuer ab, dann ein kurzer Toilettenbesuch und weiter ging's. Die Monotonie der Fahrgeräusche und die Stille im Wageninneren wirkten so einlullend, dass die junge Frau trotz ihrer Angst immer wieder eindöste.

Sie fuhr regelrecht zusammen, als Dennis bei der Ausfahrt Egestorf von der Autobahn abfuhr. Den Hinweisschildern konnte sie entnehmen, dass sie jetzt offenbar in Richtung Lüneburg fuhren.

Vierzig Minuten später kamen sie in Lüneburg an. Vor einem sehr schön renovierten Fachwerkgebäude hielten sie wenig später an. Jasmin Cheyenne hielt es vor innerer Anspannung fast nicht mehr aus. Ihre Furcht, dass sie ihr nach dem Leben trachten könnten, hatte sie mittlerweile verloren. Es war sehr unwahrscheinlich, dass man sie hier, mitten in der Fußgängerzone von Lüneburg, umbringen würde.

Tino, der noch immer auf dem Beifahrersitz saß, drehte sich zu ihr um und musterte sie ernst.

„Du siehst dieses Haus?"

Sie nickte.

„Darin ist auf deinen Namen eine angemessene Wohnung angemietet. Die Miete ist für ein Jahr im Voraus bezahlt." Er griff in die Brusttasche seines Jacketts und holte einen gefütterten Umschlag heraus. „In dem Kuvert befindet sich der Hausschlüssel. Außerdem eine Kreditkarte auf deinen Namen mit einem Limit von 50.000 €.“ Er ließ seine Worte einen Moment wirken, dann fuhr er fort: „Hier die Bedingungen: a) Du wirst mindestens drei Jahre hier wohnen bleiben. b) Du wirst in keiner Form an die Presse herantreten, um das Arrangement mit dem Boss zu veröffentlichen. c) Der Boss möchte keinerlei Kontaktaufnahme. Solltest du in irgendeiner Form gegen diese Regeln verstoßen, werden wir dich finden, egal wohin du fliehst.“

Was dann geschehen würde, ließ er offen. Es bedurfte aber auch keiner weiteren Erläuterung.

„Hast du das verstanden?“

„Ja, ich habe verstanden“, erwiderte sie leise.

Ohne ein weiteres Wort öffnete Tino die Wagentür und Dennis tat es ihm gleich. Etwas zögernd stieg auch Jasmin Cheyenne aus. Tino übergab ihr den Umschlag, während Dennis die beiden Koffer aus dem Gepäckraum holte und sie auf den Asphalt vor dem Haus abstellte. Mit einem knappen Nicken stiegen die beiden Männer wieder in das Fahrzeug und fuhren davon.

Jasmin Cheyenne von und zu Köddel stand etwas verloren vor dem Gebäude, das ab jetzt ihre Heimat sein sollte. Schließlich holte sie den Hausschlüssel aus dem Umschlag und führte ihn ins Schloss ein. Er passte. Mit gemischten Gefühlen trat sie in ihr neues Leben.

Papilein betrat kurz vor dreizehn Uhr seine Stadtwohnung. Die Fraktionssitzung hatte heute nicht lange gedauert. Anschließend hatte er sich im Rathauscasino ein Mittagessen gegönnt. Obwohl der Wirt nicht mehr da war, schien der Betrieb reibungslos weiterzulaufen. An Jasmin Cheyenne verschwendete er keinen Gedanken mehr. Sie hatte ihm in den letzten Monaten zwar viel Spaß bereitet, dafür hatte er sie aber auch reichlich abgefunden. Mit Elan marschierte er in sein kleines Arbeitszimmer. Bis zu seiner abendlichen Radiosendung, bei der ihm, wie er wusste, wieder tausende weibliche Herzen zufliegen würden, war noch genügend Zeit. Er öffnete den Laptop und fuhr ihn hoch. Anschließend loggte er sich in das Internet ein und öffnete voller Vorfreude das Dating-Portal „Girls to go“.

Sehr geehrte Leserin,
sehr geehrter Leser,

nun haben Sie es also glücklich geschafft, die kommunalpolitischen Phantastereien des Günter Huth zu lesen. Ich hoffe, Sie hatten einige vergnügliche Momente bei der Lektüre. Zur Ehrenrettung des Würzburger Stadtrates möchte ich noch einmal ausdrücklich betonen, dass alle beschriebenen Personen und Vorgänge in diesem Buch niemals der Wirklichkeit entsprechen können, denn solch einen Stadtrat gibt es nur in der Vorstellungskraft überspannter Literaten. Würzburg muss sich also weiterhin mit dem begnügen, was es in der Realität vorfindet.

Nun hat Ihnen ja eingangs der Autor versprochen, dass er einige Fehler in den Text eingeschmuggelt hat, die es für Sie zu finden gilt. Um Ihnen das Rätsel und dessen Auflösung etwas zu veranschaulichen und verständlich zu machen, will ich Ihnen im Folgenden erklären, wie Sie raten und gewinnen können:

Die Fehler, die Sie ausfindig machen und berichtigen sollen, sind mit einem zur Toilette eilenden Stadtrat am Seitenrand markiert. Es geht nur um diese, nicht um all die vielen anderen Fehler, die der Autor ungewollt in das Buch eingebracht und der schlafmützige Verleger nicht ausgemerzt hat.

Suchen Sie also im Buch nach den fünf markierten Fehlern. Wenn Sie diese gefunden haben, nehmen Sie die hoffentlich noch beiliegende Antwortkarte und schreiben darauf die fünf richtigen Begriffe mit der entsprechenden Seitenangabe.

Ein Beispiel: Würde auf Seite 6 im Text *„eine ziemliche Schlafmütze“* markiert sein, sollten Sie auf die Karte schreiben „Seite 6: Der stets aufgeweckte Verleger“.

Verwenden Sie auf jeden Fall die beiliegende Karte für Ihre Antwort. Jedes Buchexemplar beinhaltet nur diese eine Teilnahmemöglichkeit, so dass NutzerInnen der Stadtbücherei und andere BuchausleiherInnen keine Möglichkeit haben, an diesem anspruchsvollen Gewinnspiel teilzunehmen.

Wenn Sie die Karte ausgefüllt haben (Absender bitte nicht vergessen), frankieren Sie diese ausreichend und geben Sie sie der Post zur korrekten Beförderung an den Echter Verlag. Am Ende eines jeden Kalenderjahres werden dann drei Gewinner unter den richtigen Einsendern des abgelaufenen Jahres gezogen und umgehend von ihrem Glück, einen dieser drei Preise gewonnen zu haben, unterrichtet:

1. Preis: ein Blaue-Zipfel-Essen mit dem Autor unter Aufsicht des schlafmützigen Verlegers im Weinhaus „Zum Stachel“;

2. Preis: ein Bocksbeutel aus einem angesehenen Würzburger Weingut;

3. Preis: ein wertvolles Buch aus dem Angebot an fränkischer Literatur des Echter Verlags nach Wahl.

Dieses Gewinnspiel ist so lange aktuell, wie das Buch „Der Todeswind der Blauen Zipfel" noch im Programm des Echter Verlags geführt wird und lieferbar ist. Der 1. Preis kann natürlich nur so lange ausgelobt werden, wie der Autor Appetit auf Blaue Zipfel zeigt. Sollte wider Erwarten sein Appetit nachlassen, würde der Verlag einen annähernd adäquaten Ersatzmann stellen.

Von der Teilnahme ausgeschlossen sind der Verleger nebst seinen Katzen, sonstige MitarbeiterInnen des Echter Verlags, der Autor und dessen Kinder, Kindeskinder und Andergeschwisterkinder sowie andere bekannte bzw. unbekannte Abkömmlinge in alle Richtungen, die Illustratorin, der Grafiker, alle Mitglieder der im Buch genannten Parteien und deren Nachfolgeorganisationen und natürlich der Rechtsweg. Sollten wir jemanden vergessen haben, ist dieser selbstverständlich auch ausgeschlossen.

Ich wünsche Ihnen viel Erfolg beim Lösen dieser schwierigen Rätselaufgaben!

Ihr Echter Verleger

Bibliografische Information der Deutschen Nationalbibliothek

Die Deutsche Nationalbibliothek verzeichnet diese Publikation in der Deutschen Nationalbibliografie; detaillierte bibliografische Daten sind im Internet über http://dnb.d-nb.de abrufbar.

© 2017 Echter Verlag GmbH, Würzburg
www.echter.de

Buchgestaltung
Umschlag: wunderlichundweigand.de
Innenteil: Peter Hellmund

Zeichnungen
Monika Thaller

Druck und Bindung
CPI books – Clausen & Bosse, Leck

ISBN 978-3-429-03947-9